AF783862

हमारे अपने

हमारे अपने

(कहानी-संग्रह)

सुमन ओबेरॉय

प्रकाशन संस्थान

नयी दिल्ली–110002

प्रकाशक
प्रकाशन संस्थान
4268-B/3, अंसारी रोड, दरियागंज
नयी दिल्ली-110002

मूल्य : 150.00 रुपये
प्रथम संस्करण : सन् 2012
ISBN : 978-81-7714-441-3
आवरण : विपुल ओबेरॉय

मुद्रक : बी. के. ऑफसेट, दिल्ली-110032

परिवार की दुलारी प्रिय संगीता को समर्पित
जिसने दस वर्षों तक कैंसर से लड़ते हुए चौबीस वर्ष की अल्पायु में
संसार को अलविदा कह दिया और जो मेरी पहली कहानी
'हमारे अपने' द्वारा मेरी लेखन-यात्रा की प्रेरणा बनी

मेरी बात

मैं, वैसे तो स्कूल के दिनों से लिख रही हूँ, लेकिन व्यवस्थित रूप से 1993 से लिख रही हूँ। एक बार लेखन का जो सिलसिला प्रारम्भ हुआ, वह जीवन में अनेक समस्याएँ और उतार-चढ़ाव आने के बावजूद रुका नहीं।

अपने इर्द-गिर्द लोगों की परेशानियाँ बढ़ाने की अपेक्षा, अपनों को इन उलझनों में से निकलने में मदद करना ही रिश्तों का वास्तविक अर्थ एवं महत्त्व है। यह कोशिश, हमारी स्वयं की और परिवार में दूसरों की ज़िन्दगी सरल बना देती है, मेरी सभी कहानियों का आधार यही है।

जितना भी मैंने अभी तक लिखा उसमें निस्संदेह बहुत-से लोगों का सहयोग मिला। श्रीमती निर्गुणकर, जिन्होंने 'आकाशवाणी' से मेरा परिचय करवाया, 'आकाशवाणी भोपाल' में उस समय कार्यरत श्रीमती पुष्पा तिवारी, दैनिक भास्कर, इन्दौर में कार्यरत श्रीमती वीना नागपाल ने निरंतर लिखने के लिए प्रेरित किया।

मैं लेखक एवं व्यंग्यकार श्री शांतिलाल जैन की आभारी हूँ जिन्होंने मेरी कहानियों को पुस्तक रूप में प्रस्तुत करने लिए सिर्फ प्रेरणा ही नहीं दी वरन् प्रकाशन-प्रक्रिया की पहली सीढ़ी चढ़ने में सहयोग दिया!

परिवार के सहयोग के बिना किसी कार्य की सफलता असम्भव है। मुझे अपने परिवार का शत-प्रतिशत सहयोग मिला। मेरे बेटे विपुल ओबेरॉय ने पुस्तक के लिए 'आवरण' तैयार किया, मैं बहुत गर्व महसूस कर रही हूँ। मेरे बेटे वरुण और बेटी प्रियंका ने समय-समय पर अमूल्य सुझाव दिये।

आज, मैं सबसे अधिक आभारी हूँ अपने माता-पिता की, जो मेरी प्रत्येक उपलब्धि पर गर्व महसूस करते थे। इस लोक में न रहने पर भी, मैं हर पल उनका आशीर्वाद महसूस करती हूँ।

मेरा सौभाग्य है कि मेरे पहले कथा-संग्रह के लिए वरिष्ठ कवि एवं साहित्यकार श्री राजेश जोशी जी ने दो शब्द लिखने की सहमति दी।

उनका आभार प्रकट करने के लिए मुझे समुचित शब्दों की कमी महसूस हो रही है। मैं हृदय से उनका आभार प्रकट करना चाहती हूँ।

अब यह कथा-संग्रह सुधी पाठकों के हाथों में है। आशा है पाठकों/साहित्यकारों की प्रतिक्रिया मुझे बेहतर लेखन की ओर प्रोत्साहित करेगी।

–सुमन ओबेरॉय

10, त्रिलोचन नगर, भोपाल-462039
दूरभाष : 0755–4078213
मोबाइल : 9993942380, 9584358787

अनुक्रम

हमारे अपने

मैं चौथे माले पर रहती हूँ। यानी सबसे ऊपर, सबसे अलग-थलग। यह शिकायत मैं अपने पति से अक्सर किया करती। बगल वाला फ्लैट खाली पड़ा था और मैं इन्तज़ार कर रही थी कि कब यह बसेगा और कब पड़ोस में चहल-पहल होगी। लेकिन जब एक शाम मेरे पति ने ऑफिस से आते ही यह खबर दी कि हमारे नये पड़ोसी आ गये हैं तो मैं हक्का-बक्का रह गई। न कोई खटर-पटर, न कोई शोर-शराबा, कब आए मुझे पता ही नहीं चला। मैं हैरान और उत्सुक हो उठी।

अगली सुबह मैं दरवाजे तक अपने पति को छोड़ने आई तो देखा कि पड़ोस की महिला खट-खट करती हुई सीढ़ियाँ उतर रही है। वह सीढ़ियाँ उतर रही थी इसलिए मैं उसके चेहरे के दर्शन न कर पाई थी और पीठ पीछे से उसके व्यक्तित्व का अन्दाज़ा लगा रही थी। वह एक स्मार्ट और फैशनेबल महिला नज़र आ रही थी। पति तो एक प्यारी-सी मुस्कान देकर नीचे उतर गए और मैं घर की बिखरी चीज़ें समेटने में लग गई।

सारा दिन उसके घर में छाई शान्ति से यह तो अन्दाज़ा लग गया था कि वह अकेली है और शायद नौकरी करती है। पर मेरे अन्दर नारी सुलभ जिज्ञासा ठाठें मार रही थी। पड़ोसन का इतिहास-भूगोल जानने की जिज्ञासा अपनी चरम सीमा पर आ रही थी और इसका समाधान भी शीघ्र ही हो गया।

हुआ यूँ कि जब दोपहर को मैं पीछे की बालकनी में गई तो वह सामने ही दिखाई दे गई। हमारी पीछे की बालकनियाँ एकदम आमने-सामने पड़ती हैं। वह गुलाबी नाइटी पहने थी। गेहुआँ रंग, चमकदार आँखें– जिन्हें बड़ी तो नहीं कहा जा सकता पर उनमें सागर जैसी गहराई और बचपने का जो मिला-जुला भाव था– वह उसकी छोटी नाक और भरे-भरे गुलाबी होठों के साथ काफी मेल खा रहा था। लच्छेदार बाल उसके मुख पर बचपना ला रहे थे। कुल मिलाकर वह तीस वर्ष के ऊपर होते हुए भी

आकर्षक लग रही थी। आँख मिलते ही झनकार करती आवाज आई, 'नमस्ते भाभीजी' मैंने भी 'नमस्ते' कहकर तुरन्त पूछ लिया, "वैसे आप आई कहाँ से हैं?" वह बोली, ''जी मैं मुम्बई से आई हूँ, मेरा नाम नम्रता है।'' उसे शायद मेरे चेहरे के भाव से पता चल गया था कि पड़ोसन टलने वाली नहीं है। इसलिए खुद ही बोली, "मैं वहाँ टेलीफोन विभाग में ऑपरेटर थी। वहाँ से नौकरी छोड़कर यहाँ एयरटेल में पब्लिक रिलेशन्स ऑफिसर हो गई हूँ।" इस पर मुझे हैरानी हुई, ''अरे वाह! मुम्बई छोड़कर भोपाल? आपका मन कैसे हुआ आने को?" वह हँसकर बोली, ''बस यूँ ही! एक ही जॉब करते-करते बोर हो गई थी।" उत्तर से मैं संतुष्ट तो न हुई पर ज़्यादा कुछ पूछ न पाई।

ऐसे ही तीन-चार दिन बीत गए कोई बात नहीं हुई मगर जिज्ञासा तो बरकरार थी। एक दिन मैं उसके घर जा पहुँची। नम्रता मेरे मना करने के बावजूद किचन में चाय बनाने चली गई। शायद अभी-अभी ऑफिस से लौटकर चाय बना ही रही थी। उसके खाली पड़े ड्राइंगरूम का मुआयना करते हुए मैं बोली, ''नम्रताजी आपका सामान अभी नहीं आया क्या?'' उत्तर में वह बोली, "नहीं भाभीजी मेरा अधिक सामान लाने का कोई इरादा नहीं है, बस अपनी ज़रूरत भर का ले आई हूँ।" सुनते ही मेरे मन में अनेक प्रश्नचिह्न खड़े हो गए। मैंने भी तपाक से पूछ डाला, ''क्या आप शादीशुदा हैं?'' वह निश्चिंत भाव से बोली, "हाँ जी, पर मेरे पति पिछले पाँच साल से दुबई में हैं, दो बच्चे हैं, शशांक ग्यारह बरस का और पुनीता आठ की। दोनों मुम्बई हॉस्टल में रहते हैं। वैसे मेरी माँ भी बेटा-बहू के साथ मुम्बई में रहती हैं, पर मेरे पति का कहना था कि जब हम अफोर्ड कर सकते हैं तो बच्चों को हॉस्टल में क्यों न रखें। मैंने भी तुरंत हाँ में हाँ मिला दी, बिलकुल सही है, वैसे भी हॉस्टल में रहकर बच्चे अनुशासन में रहना सीख जाते हैं।" जिज्ञासा को दबाते हुए दो-चार इधर-उधर की बातें करके मैं वापिस आ गई।

रात को बिस्तर झाड़ते-बिछाते मैं अपने पति को सारी सूचनाएँ देती जा रही थी। ''आजकल तो भई औरतों का भी कुछ पता नहीं चलता। पति दुबई में, बच्चे हॉस्टल में और यह महारानी यहाँ पर। वाह भला यह क्या बात हुई? मुझे तो यह नम्रता कुछ जमी नहीं।" इस पर चुहल करते हुए बोले, "चलो ठीक है। बेचारी अकेले बोर हो जाती होगी, कभी-कभी हम ही हो आया करेंगे।" और मैं इनको घूरकर रह गई।

अगले दो-चार दिन मेरा मन ही नहीं हुआ उससे बात करने का। वैसे मुझे यह भी आभास हुआ कि मेरा इस तरह कुरेदकर पूछना नम्रता को कुछ खास अच्छा भी नहीं लगा था।

एक दिन बारह बजे के करीब घण्टी बजी। दरवाजा खोला– सामने नम्रता खड़ी थी। लगता था सीधे ऑफिस से आ रही है। मन तो नहीं था उसे अन्दर बुलाने का मगर उसका मासूम चेहरा देखकर मैं पिघल गई। मुझे पशोपेश में देखकर वह स्वयं बोली, "भाभीजी, आज हमारे एक सहयोगी की मृत्यु हो गई इसलिए ऑफिस बन्द हो गया। मैं बहुत अपसेट हो गई इसलिए शोक प्रकट करने भी नहीं गई। आप कुछ काम न कर रही हों तो आपके यहाँ बैठ जाऊँ?" उसकी उड़ी रंगत देखकर मुझे तरस आ गया। प्यार से उसका हाथ पकड़कर मैं अन्दर ले आई। वह बर्फ जैसी ठंडी पड़ गई थी। मैंने फटाफट उसके लिए गरमा-गरम कॉफी का प्याला बनाया और समझाया कि "जीना-मरना तो चलता रहता है, तुम क्यों परेशान होती हो, मेरी मानो तो बच्चों को यहीं बुला लो, बच्चों के साथ मन लगा रहता है, अकेलापन महसूस नहीं होता।" पर जब वह निर्लिप्त भाव से बोली, "भाभीजी बच्चों के हित में ही सोचकर ऐसा किया है," तो मेरे मन में शक की जड़ें और गहरी पकड़ गईं कि हो न हो दाल में कुछ काला है। उसकी हालत देखकर मैंने अधिक पूछना उचित नहीं समझा। आधे घण्टे बाद वह चली गई।

शाम को मैं उसका हाल पूछने गई तो वह फ्रेश नज़र आ रही थी। उसके बेडरूम का मुआयना करते हुए मैंने पूछा, "अरे, तुमने अपने पति और बच्चों की कोई फोटो नहीं रखी हुई, हमें भी दिखाओ न?" वह उदास-सी हो आई और बोली, "मैं बहुत जल्दी में आई, साथ में लाना भूल गई।" मैं इस अजीब-से जवाब पर विश्वास न कर पाई। मैंने मन में ठान लिया कि इससे मेल-जोल बढ़ाना ठीक नहीं– पति की उपस्थिति में तो कतई नहीं। वह मेरे मन में 'खराब औरत' का रूप लेती जा रही थी।

दूसरे दिन उससे सीढ़ियों में मुलाकात हो गई। उसके हाथ में दो-तीन लिफाफे थे। बड़ी खुश नजर आ रही थी। मैंने बेसाख्ता पूछ लिया, "वाह भई! लगता है आज कोई खास ही पत्र आया है?" वह चहककर बोली, "हाँ, मिस्टर और बच्चों– दोनों का ही आया है।" सुनते ही मेरे मन में घण्टी-सी बजी, "झूठी कहीं की! पता नही किस यार का खत आया है और कहती है.... उँह! खैर। मुझे क्या लेना-देना?" और मैं सीढ़ियाँ उतरने लगी।

इसी तरह दो महीने निकल गए। मेरे पति उसे लेकर कई बार मज़ाक करते पर मैं उन्हें शह न दे पाती। मुझे उसका अकेले रहना कतई पसन्द न था। मेरी मिडिल क्लास मान्यताएँ इसे स्वीकार न करतीं।

एक दिन शाम को वह हड़बड़ी में आई और बोली, "मैं आज ही पंजाब मेल से मुम्बई जा रही हूँ, बच्चों के लिए मन उदास है।" सुनते ही मेरे मन में बस सारी ममता उमड़ आई। मैं भी खुश होकर बोली, "बिलकुल ठीक सोचा तुमने। बच्चों से मिलकर जी हल्का हो जाएगा.... पर नम्रता तुम बहुत नर्वस लग रही हो, अकेली कैसे जाओगी? तुम्हें स्टेशन तक यह छोड़ आयेंगे।" मगर वह न मानी। उसे विदा करके मेरा मन बहुत भारी हो गया था। आज वह बेहद उदास, और निःसहाय लग रही थी। उसने वादा भी किया था मगर मुम्बई पहुँचकर उसने कोई खबर नहीं दी, मैं भी घर-गृहस्थी के कामों में उलझ गई।

तीन दिन बाद एक महिला– जिनके हाथ में सूटकेस था, मेरे घर आईं और बड़े शान्त भाव से पूछने लगीं कि नम्रता कहाँ है? मेरे यह बताने पर कि वह तीन दिन हुए मुम्बई चली गई है, बच्चों से मिलने, तो वह दंग रह गईं। तीन-चार मिनट तक गरदन लटकाकर यूँ ही बैठी रहीं, फिर धीरे से बोलीं, "मैं नम्रता की माँ हूँ, बम्बई से आई हूँ।" अब हैरान होने की बारी मेरी थी। "ताज्जुब है आपसे मिली नहीं? क्या बच्चों के साथ हॉस्टल में ठहरी होगी?"

"कैसा हॉस्टल और कैसे बच्चे, बेटी?" एक ठंडी आह भरकर वह फूट-फूटकर रोने लग गईं। मैं घबरा गई। कुछ समझ में नहीं आ रहा था। थोड़ा सँभलकर वह बोलीं, "अब तुमसे क्या छिपाना बेटी। इस बेचारी की तो शादी भी नहीं हुई, बस हर एक को यही कहानी सुनाती है– पति दुबई में हैं, दो बच्चे हैं, शशांक और पुनीता नाम बताए होंगे? ये नाम शायद अनिल और इसने मिलकर शादी से पहले ही सोचे होंगे, पर इस बदनसीब की किस्मत में वह दिन आया ही नहीं। अनिल और यह स्कूल से कॉलिज तक आठ साल इकट्ठे पढ़े थे, दोनों में बहुत प्यार था, मैं भी जानती थी कि ये दोनों एक-दूसरे से जुदा नहीं हो सकते, इसलिए अपने मन में उसे दामाद मान चुकी थी। पर परमात्मा की तो अपनी डायरी होती है जी, जिस में वह सारे लेख-संजोग लिख रखता है। अनिल को एक रईस बाप ने अमरीका में आगे की पढ़ाई और बाद में लगी-लगाई फैक्टरी सौंपने का लालच दिया– वह नामुराद इसे धोखे में रखकर यहाँ से निकल गया। बस

यह ऐसी टूटी कि इसने शादी न करने की कसम खा ली। उस वक्त यह इक्कीस साल की थी। होनी को तो इस पर अभी और जुल्म करने थे जी, तेईस की हुई तो कैंसर ने आ दबोचा। मुम्बई के टाटा मेमोरियल से इलाज शुरू हुआ। एक दिन अपनी भाभी को भाई से कहते सुन लिया कि अब तो सारी उम्र का बोझ हो गई है यह– शादी भी नहीं की, ऊपर से यह जानलेवा बीमारी। बस जी... अनिल के धोखे को यह सह गई, कैंसर की मार को भी सह गई, पर भाभी के तानों को यह सह नहीं पाई। उसने इसका जीना हराम कर दिया था। साथ ही इसके पैसे पर उनकी नजर आ गई। इन सब बातों से इसका दिल टूट गया, इसने मुझे भी नहीं बताया और यहाँ इतनी दूर नौकरी ले ली। मैंने तो बहुत रोका पर यह नहीं रुकी।" लगातार बोलने से उनकी साँस फूल गई। मैंने पानी पिलाया तो वह सहज हुईं।

उनके सहज होने पर जब मैंने पूछा, "और वह पति और बच्चे?" वह ठंडी साँस छोड़ते हुए बोलीं, "अब क्या बताऊँ बेटी तुम्हें, जब उस मरे अनिल ने शादी कर ली - उसी दिन से यह ब्याहता बन बैठी, खयाली पति और बच्चों के साथ खुश रहती है, उसकी तो अपनी ही दुनिया है जी। किसी को अपनी बीमारी की भनक भी नहीं लगने देती। बस खयालों की दुनिया में रहकर वह अपने आखिरी दिन काट रही है।" ऐसा कहकर वह इस कदर फूट-फूटकर रोईं कि मैं भी अपने आँसू रोक नहीं पाई।

"अचानक मुझे झटका-सा लगा, "पर माताजी वह तीन दिन से है कहाँ? कहीं रास्ते में...?" वह सिर हिलाते हुए स्थिर भाव से बोलीं, "न बेटी न! ... मैं जानती हूँ, वह सीधी टाटा मेमोरियल गई होगी।" पर दूसरे ही क्षण ठिठककर बोली, "क्या वह बीमार लग रही थी?" जवाब में मैंने कहा, "हाँ, कुछ टूटी हुई और पीली नज़र आ रही थी। अब बीमारी का तो मुझे पता ही नहीं था, नहीं तो उसे अकेले न जाने देती," यह सब सुनकर वह बुरी तरह चिंतित हो गईं।

रात को मैंने माताजी को अपने घर ही रोक लिया। दूसरे दिन वह मुम्बई इस वादे के साथ लौट गईं कि वह जाते ही मुझे नम्रता की खबर अवश्य देंगी।

इसके बाद बीस दिन गुजर गए पर माताजी की ओर से कोई समाचार नहीं आया! मुझे सोच-सोचकर परेशानी हो रही थी। एक इतवार को नम्रता का भाई आया और आते ही जब उसने यह समाचार दिया कि

नम्रता इस दुनिया में नहीं रही, तो हम सब जड़ हो गए। सान्त्वना के कोई शब्द ही नहीं सूझ रहे थे। जब किसी की मौत दिल को छू लेती है तो शायद ऐसा ही होता है। नम्रता के खाली सूने घर को देखकर मैं फफक-फफककर रो पड़ी। मेरे पति और बच्चे मुझे धीरज बँधा रहे थे और मैं ईश्वर से प्रार्थना कर रही थी कि "हे ईश्वर! उसे अगले जन्म में इतना सुख देना, स्वास्थ्य देना, प्यारा-सा पति और प्यारे-प्यारे बच्चे देना, ताकि उसे खयाली सायों से बँधकर न जीना पड़े।

माँ मुझे आने दो

सुबह अम्माजी की चीख-पुकार से मेरी नींद खुली। अम्माजी की पोतियाँ आपस में लड़ रही थीं और अम्माजी खुले दिल से उन पर गालियाँ बरसा रही थीं। गालियों की बौछार पहले उन नन्ही लड़कियों पर पड़ी, फिर हथगोले फिंके बहुओं पर। क्यों न फिंकें? तीन-तीन बहुएँ, पाँच लड़कियों की सौगात दे डालीं उन्हें, लड़का एक ने भी न जना। मुझे याद है वह दिन, जब मेरी गुड़िया पैदा हुई, सिर पीट लिया था अम्माजी ने। पोती का मुँह तक देखने न आईं, अस्पताल में। मुझे जी भर के कोसा, "तू भी बड़ी बहुओं की लाइन पे चल दी? उनकी दो-दो कम थीं जो तूने पाँचवीं पैदा कर दी?" अब इसका कोई जवाब मैं देती तो घर में महाभारत मच जाता।

अम्माजी का बहुओं और पोतियों को कोसना दिन पर दिन बढ़ता जा रहा था। वह जल्द से जल्द कुलदीपक का मुख देखना चाह रही थीं। सारी उम्मीद मुझसे ही थी। बड़ी दोनों बहुओं से तो वह सख्त नाराज थीं क्योंकि उन्होंने इस प्रयास की इतिश्री कर ली थी। अम्माजी की परिभाषा में अच्छी बहू वही है जो पुत्ररत्न पैदा करके वंशबेल बढ़ाने में अपना योगदान दे। उनके इस मानदण्ड पर उनकी कोई बहू खरी नहीं उतरी।

मेरी दोनों जेठानियाँ अभी तक तो निश्चिन्त थीं, क्योंकि तीनों बहुएँ अम्माजी की नजरों में समान रूप से गुनहगार थीं पर मैं जानती थी कि अगर मेरी गोद में बेटा आ गया तो उन दोनों का सिंहासन डोल जायेगा। यही चिन्ता उन्हें खाये जा रही थी। इसीलिए इस खुशखबरी को मैं महीने भर से दबाये बैठी थी। आज जब अम्माजी का कोसना हदें पार करने लगा तो मैंने सोचा यही वक्त है अम्माजी को झटका देने का।

मैंने नीचे आकर जैसे ही यह खबर सुनाई, गालियों पर यकायक ब्रेक लग गया। उनकी जुबान से मानो फूल झड़ने लगे। मेरे प्रति सारी कटुता भूलकर अम्माजी मुझे तरह-तरह की हिदायतें देने लग गईं। दोनों जेठानियों के चेहरे के रंग उड़ गए। उन्हें लगा मैं कहीं बाजी न मार जाऊँ। मेरी

जेठानियाँ हैं ही ऐसी, हालाँकि मेरे मन में ऐसी कोई दुर्भावना नहीं है। इसके बाद मेरी खातिरदारी में अम्माजी ने कोई कसर न छोड़ी। अम्माजी भी ऐसी ही हैं! लड़के की उम्मीद में वह कुछ भी कर सकती हैं। इस बार उन्हें पूरा विश्वास था कि उनके व्रत, पूजा-पाठ व्यर्थ नहीं जायेंगे, मैं उन्हें कुलदीपक का मुख दिखाने में अवश्य सफल हो जाऊँगी।

पिछले तीन माह से अपनी जेठानियों के मुख पर ईर्ष्या और खिसियाहट के भाव देखने की मुझे आदत-सी पड़ गई थी। लेकिन आज उन्हें चिन्तित देखा तो कारण कुछ समझ में नहीं आया। कारण मुझे बाद में समझ आया जब अम्माजी रात को मेरे कमरे में आईं और ऐलानिया अन्दाज में बोलीं, "साक्षी कल दस बजे तैयार हो जाना, तुम्हें डॉ. शोभा के पास ले चलूँगी–सोनोग्राफी के लिए" मैं हतप्रभ! हिम्मत जुटाकर पूछा, "क्यों अम्माजी?" उधर से सपाट उत्तर आया, "भई पता तो चले कि लड़का है या लड़की? लड़का है तो ठीक, लड़की है तो मेहनत करने का क्या फायदा? समय रहते निकाल दी जाये.....?" पल भर को मुझे ऐसा लगा कि मेरा हृदय धड़कना ही भूल गया है। डरते-डरते पूछा, "पहले तो कभी नहीं कराई गई?" भौंहें तानकर अम्माजी बोलीं, "उसी का तो खामियाजा भुगत रहे हैं। पहले अकल आ जाती तो मेरे आँगन में पाँच-पाँच लड़कियाँ न डोल रही होतीं, अब छठी लड़की देखने की हिम्मत मुझमें नहीं है। तुम्हें तो कृष्ण-कन्हैया पैदा करना ही है, चाहे कितनी भी लड़कियाँ जायें।" मुझे ऐसा लग रहा था मेरे सामने अम्माजी नहीं कंस खड़ा है, बाँहें ऊपर उठाये, हाथ में नन्ही बालिका को पटकने को तैयार। मैं नहीं समझ पा रही थी कि पोते की चाह में लड़कियों का बलिदान क्यों? अम्माजी की लड़कियों के प्रति घृणा शायद इस दम्भ की परिणति थी कि उन्होंने तीन बेटों को ही जन्म दिया है। लेकिन स्वयं नारी होकर नारी की दुश्मन बनी बैठी थीं। यह बात उन्हें समझाने की हिम्मत किसी में भी न थी।

अम्माजी तो आदेश देकर चली गईं, मैंने लाचारगी से अमित की ओर देखा, लेकिन उनके मुख पर तटस्थ भाव देखकर मुझे धक्का लगा। मेरे पूछने पर निर्विकार भाव से बोले, "अम्मा नहीं मानेंगी, चुपचाप उनकी बात मान लो।" मेरा मन रो उठा, अरे यही तो करते आ रहे हैं हम सब। मैं, आप, दोनों भइया, भाभियाँ और यहाँ तक कि पिताजी भी। एक छत्र राज्य करने की अम्माजी को आदत पड़ गई है। आज्ञाकारी पति, आज्ञाकारी बेटे और आज्ञाकारी बनने को मजबूर बहुएँ। अम्माजी के मुख से निकला शब्द पत्थर

की लकीर बन जाता है। पति-पत्नी का कोई मामला व्यक्तिगत है ही नहीं। अपनी कोख में बच्चे भी हम उनकी अनुमति से पालें, जिसे वह चाहें हम रखें, जिसे न चाहें उसे निकाल बाहर फेंकें। आज मुझे महसूस हो रहा था कि यह हर उचित-अनुचित आज्ञा का निर्विरोध पालन करने का अंजाम है। लेकिन हमारी इस लाचारगी को हमारी आने वाली सन्तान क्यों भुगते ? "मैं उहापोह में पड़ी थी। मैंने अमित से कहा, "तुम कल ऑफिस मत जाओ, लड़की हुई तो अम्माजी अपनी मर्ज़ी चलाकर ही रहेंगी।" अमित झुँझलाकर बोले, "अब चुपचाप सो जाओ, पहले सोनोग्राफी तो हो जाने दो," कहकर मुँह पलटकर सो गए।

मुझसे ज़्यादा मेरी जेठानियाँ चिन्तित थीं। मेरी सोनोग्राफी उनके गले की हड्डी बनी हुई थी। लड़का है तो उन दोनों का अवमूल्यन निश्चित है कि वह बेटा नहीं जन पाईं। उन दोनों की बेटियों का अवमूल्यन भी निश्चित है कि अपने पीछे भाई न ला पाईं। और फिर उन दोनों की आँखों में वह सतलड़ा हार भी तो चौंधियाहट पैदा कर रहा होगा जो अम्माजी ने उस बहू के लिए रखा है जो बेटा पैदा करेगी। शायद वे दोनों मन्नत माँग रही थीं कि बेटा नहीं, बेटी हो।

उन दोनों की फरियाद भगवान् ने सुन ली थी। हुआ वही जिसका मुझे डर था। बेटी की खबर पाकर घर में मुर्दनी छा गई। माँजी उससे छुटकारा पाने की तैयारी कर रही थीं। मैं अपने कमरे में औंधी पड़ी रो रही थी। कल सुबह मुझे पुनः अस्पताल ले जाया जायेगा। अमित की ओर से कोई प्रतिक्रिया न थी। वह जानते थे माँ के सामने किसी बेटे की दाल नहीं गलती। तटस्थ भाव से अमित ऑफिस के काम से पूना जाने की तैयारी कर रहे थे। पुरुष हैं न! वह तो पलायन कर सकते हैं! मैं भागकर कहाँ जाऊँ?

अमित रात को ही पूना निकल गए। जाते हुए मुझे हिदायत दे गए कि घर की शान्ति के लिए अम्माजी की बात मान लेना। मैं समझ गई इस में उनकी भी मौन स्वीकृति है, इसलिए बात करना बेकार है! दोनों जेठानियों से भी बात करना व्यर्थ था! वह आज प्रसन्न थीं कि मैं भी उनकी श्रेणी में आ गई हूँ। मायकेवालों से सुख-दुख बाँटने का हमारे घर में रिवाज़ नहीं। मेरी बेटी नेहा मेरी बगल में, मेरे दुख से बेखबर सो रही है। मैं उसके मुख को बेतहाशा चूमे जा रही हूँ, मानो उसके प्रतिरूप को अलविदा कह रही हूँ। रह-रहकर कलेजे में हूक उठ रही है कि कल मैं रीति हो जाऊँगी।

न कोई उम्मीद होगी, न कोई अरमान। न जाने कब नेहा को प्यार करते-करते मेरी आँख लग गई।

नींद में मुझे ऐसा लगा कि कोई हुँआ-हुँआ करके रो रही है। किसी ने मेरा कलेजा कस के पकड़ रखा है। और बार-बार कह रही है– "माँ, मुझे मत फेंको, माँ, मुझे मत फेंको। माँ, यहाँ अँधेरा है, मुझे अच्छा लग रहा है। डॉक्टर मुझे निकालकर फेंक देंगे। पता नहीं कचरे के डिब्बे में फेंके या किसी गड्ढे में। माँ, मुझे दर्द होगा। मैं तुम्हारे साथ रहना चाहती हूँ, मुझे अलग मत करो, माँ, मैं मर जाऊँगी। माँ, मैं मर जाऊँगी।" मुझे ऐसा लग रहा था गुलाब की पंखुड़ी-सा नर्म हाथ मेरे हाथ में डाल वह नन्ही जान रो रही है–"माँ, मुझे मत छोड़ना, माँ, मुझे मत छोड़ना। माँ, मुझे दुनिया में आने दो न। ऊँ, ऊँ, ऊँ; रोने की आवाज के झटके से मेरी आँख खुल गई, मैं पसीने से सराबोर थी। नेहा का हाथ मेरी हथेली पर था। मेरी साँस ज़ोर से चल रही थी। मैं उठी! पानी पिया और बैठकर सपने का विश्लेषण करने लग गई।

मैं हैरान थी कि इस नन्ही जान में इतनी शक्ति है जिसने मुझे सचेत किया, मुझे आगाह किया है कि "आप अपना लड़के-लड़की का गणित बैठाने में व्यस्त हैं, कोई मेरे बारे में भी सोचो। मैं जन्म लेने के लिए ही अंकुरित हुई हूँ। मुझे आने से मत रोको। सच में, क्या नेहा को हम बाहर फेंक सकते हैं? नहीं! कदापि नहीं!! फिर इस नन्ही जान को क्यों? मैं माँ होकर भी उसकी रक्षा करने में अपने को असमर्थ क्यों पा रही हूँ। यह मेरा अंश है। जिस तरह से मैं अपने शरीर के अंगों की रक्षा करती हूँ, उसी प्रकार इसकी भी रक्षा करूँगी, चाहे इसके लिए मुझे परिवार का विरोध क्यों न सहना पड़े। मैं अपने अन्दर हिम्मत महसूस कर रही थी। अब कोई द्वन्द्व नहीं– कोई तनाव नहीं। मेरे होठों पर मुस्कान थी, आँखों में चमक थी आत्मविश्वास भी। मैं धीरे से रज़ाई ओढ़कर नेहा की बगल में लेट गई। एक हाथ नेहा पर रखा, वह थोड़ा–सा डरकर हिली– फिर मेरे गले में बाँहें डालकर निश्चिंत भाव से सो गई। अपना दूसरा हाथ जब मैंने अपने उदर पर रखा, ऐसा महसूस हुआ उधर भी कंपन हुआ और उसके बाद एक सकून भरी शान्ति व्याप्त गई। हवा में नन्हे-नन्हे शब्द गूँज रहे थे, "माँ, तुम बहुत अच्छी हो।" मेरी दोनों बेटियाँ मेरी बाँहों में सुरक्षित थीं। नींद हौले-हौले मुझे भी अपने आगोश में ले रही थी।

सुबह उठकर मैंने अम्माजी को साफ शब्दों में अपना निर्णय सुना दिया, कि मैं डॉक्टर के पास नहीं जाऊँगी, मैं बेटी को जन्म दूँगी। अम्माजी

तो आगबबूला हो गईं। उनकी आज्ञाकारी बहू की यह हिम्मत कि अपने निर्णय खुद ले सके। अम्माजी अड़ गईं, "तुम्हारी जिद की वजह से मैं छः-छः पोतियों की दादी कहलाऊँ। तुम तो अपनी जेठानियों की तरह फुल स्टॉप लगा दोगी और मैं पोते का मुँह देखे बिना परलोक सिधार जाऊँ ...? मैंने एक भी बेटी पैदा नहीं की और तुम लोग छः-छः की लाइन लगाओगी? मेरी दुश्मन हो क्या?" मैंने उनकी बात काटते हुए कहा, "अम्माजी, हम नहीं, दुश्मन तो आप हमारी बन रही हैं! यह आप कौन-सा गणित लगा रही हैं? हमें ताने मारने के लिए आप सारी पोतियों को जमा कर छः की संख्या बना देती हैं! हैं तो हमारी दो-दो ही न! ताना देते हुए आप भूल जाती हैं कि आप भी औरत हैं और हम भी औरतें हैं। हमने भी इसी तरह बच्ची बनकर जन्म लिया था, फिर इन बच्चियों से नफरत कैसी? इनसे नफरत करके क्या हम इनके मन में स्वयं के प्रति नफरत के बीज नहीं बो रहे? क्या शादी के बाद इनके मन में भी सदैव पुत्र की चाहना नहीं रहेगी? इस तरह यह नफरत पीढ़ी-दर-पीढ़ी चलती जायेगी। हम सदा ही पुत्र जन्म पर उत्सव और पुत्री जन्म पर मातम मनाते रहेंगे? अगर आपके और हमारे माँ-बाप ने भी यही सोचा होता तो आप और हम और यह हमारी बेटियाँ यहाँ न होते! सभी ऐसे सोचने लगें तो समाज अधूरा रह जायेगा...." यह सब सुनकर अम्माजी आगबबूला होकर चिल्लाईं, "अपनी ज़बान को लगाम दे..... मेरे माँ-बाप तक पहुँच रही है......?" बीच में ही पिताजी ने रोक दिया, "बस शीला बस! बहुत हो गया। अति किसी भी चीज की बुरी होती है। यह स्त्रियों का मामला है, ऐसा सोचकर मैं चुप रह गया था। साक्षी ठीक कह रही है। तुम इन सब पोतियों को अपने साथ क्यों जोड़ रही हो। तुम्हारे बच्चे अब बड़े हो गए हैं, उन्हें अपने निर्णय स्वयं लेने दो। उन्हें इन बच्चियों का भविष्य सुधारने में मदद करो, उन्हें लड़कों से कम मत समझो। आज से इस घर में 'लड़की' शब्द गाली की तरह नहीं वरन् इज़्ज़त से लिया जायेगा और हम सब आने वाली कन्या का स्वागत हर्ष और उल्लास से करेंगे।" इतनें में बड़े भइया भी बोले– ""हाँ माँ, मैं भी महसूस कर रहा हूँ कि पाँचों लड़कियों में हीन भावना घर करती जा रही है। यह इनके लिए अच्छा नहीं है।" इस पर मँझले भइया हँसकर बोले, "हीन भावना तो हमारे अन्दर भी घर करती जा रही है क्योंकि हमारी पत्नियाँ समझती हैं कि हममें निर्णय लेने की क्षमता ही नहीं है।" सब ज़ोर-ज़ोर से हँस रहे थे लेकिन दरवाज़े में अमित को चुपचाप खड़ा देखकर

यकायक चुप हो गए। पूछने पर अमित बोला, "साक्षी, मैं आधे रास्ते से वापिस आ गया हूँ। मुझे यह अहसास होने लग गया था कि तुम्हें मेरी ज़रूरत है और फिर मन में अपराध-बोध भी आ रहा था कि हम अपने बच्चे की हत्या करने जा रहे हैं लेकिन यहाँ आकर तुम्हारी हिम्मत देखकर मुझे स्वयं पर ग्लानि हो रही है।"

दोनो भाभियाँ हँसने लगीं, "कोई बात नहीं देवरजी– देर आयद-दुरुस्त आयद।" भाभियों के इस मज़ाक ने वातावरण हल्का कर दिया, सभी हँस रहे थे और यह खुशी द्विगुणित हो गई जब सबने देखा कि इस हँसी में अब माँजी भी शामिल थीं। वह हँसकर बोलीं, "मैंने तो कभी इस तरह सोचा ही नहीं, तुम लोगों ने मेरी आँखें खोल दी हैं, आने दो भई मेरी नन्ही को आने दो....," अम्माजी के इन शब्दों से आज पहली बार घर का बोझिल वातावरण हल्का हो आया था...... शायद यह खुशी मेरी आने वाली बच्ची भी महसूस कर रही थी।

एक गलत फैसला

फोन पर थानेदार की भारी-भरकम आवाज़ सुनकर नीरा घबरा गई। रूखे स्वर में वह बोला, "आपकी बहन ने आत्महत्या की कोशिश की है, लाइफ-लाइन हॉस्पिटल में पहुँचो।" नीरा को अपने ही कानों पर विश्वास नहीं हो रहा था। समीरा पर उसे गुस्सा तो बहुत आ रहा था, मगर यह गुस्सा करने का वक्त नहीं था। सारे गिले-शिकवे भूलकर वह बिना समय गँवाये तुरंत अस्पताल पहुँच गई।

वहाँ जाकर पता चला कि समीरा आई.सी.यू. में भर्ती है तथा जीवन-मृत्यु के बीच झूल रही है। नीरा बाहर बेंच पर बैठ गई उसका दिल-दिमाग कड़वाहट से भर गया, "क्या समझती है यह अपने आप को, बड़ों की बात न मानने का नतीजा देख लिया? जैसा करोगे, वैसा भरोगे'! मगर दूसरे पल खयाल आया कि समीरा ने आत्महत्या की क्यों? क्या वजह हो सकती है? राजीव! हाँ, राजीव ही होगा इसका जिम्मेदार!

ऐसी शादियाँ भला चलती हैं कहीं? उस वक्त लाख समझाया था, बेटा! यह लड़का, लड़का क्या आदमी! यह तेरे लायक नहीं है। पन्द्रह बरस तेरे से बड़ा है। उसका अता-पता तुझे मालूम नहीं। अपने को अनाथ कहता है, चार दिन की पहचान और तुम चली हो शादी करने? लेकिन नहीं! वह क्यों मानती! उस पर तो इश्क का भूत सवार था। मैं तो दुश्मन नज़र आ रही थी। कसूर भी तो मेरा ही है। मम्मी-पापा के एक्सीडेण्ट का इस दस साल की मासूम पर इतना गहरा असर पड़ा था कि सहम ही गई थी और मैंने, उन्नीस साल की उम्र में ही माँ का स्थान ले लिया था। किसी बात की कमी न होने दी। जो माँगा, वह दिया। सोचा, बहन के अलावा मेरा इस दुनिया में है ही कौन? सारे रिश्तेदार किनारा कर गए.....

'खटाक' की आवाज से नीरा की तंद्रा भंग हुई। आई.सी.यू. में से नर्स निकली। नीरा ने समीरा की हालत के बारे में जानना चाहा। "अभी कुछ बोल नहीं सकते," सपाट-सा उत्तर देकर चल दी।

नीरा वापिस बेंच पर बैठ गई। आज वह स्वयं को बहुत अकेला महसूस कर रही थी। अविनाश भी कोलकाता गए हुए हैं, "होते भी तो क्या कर लेते। समीरा के मामले में तो उन्होंने चुप्पी साध ली है। कसूर मेरा थोड़े न है। समीरा के साथ इतना अधिक घुलते-मिलते नहीं तो मेरे मन में भी ऐसा-वैसा शक पैदा न होता। उस वक्त हल्ला न मचाती तो क्या अपना घर उजड़ने देती? कुछ तो था दोनों के बीच, नहीं तो क्या समीरा को यह बेमेल ब्याह रचाने से रोकते नहीं?"

खट्-खट् करती नर्स फिर आई.सी.यू. से बाहर आई और दवाइयों की लम्बी लिस्ट दे गई। नीरा हॉस्पिटल की मेडिकल शॉप से दवाइयाँ लेने भागी। अब उसे राजीव पर गुस्सा आ रहा था। खुद तो पता नहीं कहाँ बैठा है, यहाँ मैं अकेली...। क्या पता मुम्बई गया हो। नीरा शान तो बघारती थी कि "मुम्बई में अपना होटल है। हर महीने प्लेन से जाता है। मुम्बई पसन्द नहीं है इसलिए यहाँ रहता है।"

नीरा अकेली बैठी अटकलें लगा रही थी क्योंकि पूछताछ के बावजूद अभी तक नीरा को कुछ भी पता नहीं चल पा रहा था कि आत्महत्या की नौबत क्यों आई? कहाँ और कैसे किया? उसे अस्पताल कौन लाया? वह आँखें बन्द करके इन्हीं विचारों में खोई थी कि बेंच पर डंडे की खटखट सुनकर झटके से उसने आँखें खोली। सामने 'महाराष्ट्र पुलिस' और 'मध्यप्रदेश पुलिस' के बिल्ले लगे कड़क चेहरों को देख, डर गई। वह राजीव के बारे में पूछताछ करने आए थे। नीरा उन्हें विश्वास दिलाने की कोशिश कर रही थी कि राजीव रिश्ते में उसका बहनोई अवश्य है मगर बहन ने हमारी मर्जी के खिलाफ शादी की है, इसलिए उन दोनों के साथ उसका कोई सम्बन्ध नहीं है।

पूछताछ का कारण पूछने पर पुलिसवालों के मुँह से राजीव के फरार होने की बात सुनकर नीरा भौचक्की रह गई। उसके कारनामें सुनकर तो नीरा के पैरों तले ज़मीन खिसक गई। महाराष्ट्र पुलिसवाले ने बताया, "तुम को मालूम, मुम्बई में उसके कई गैर-कानूनी धंधे चल रहे हैं। घाटकोपर में वह डान्स बार चलाता है। उधर से ही सट्टा, मैच फिक्सिग और ड्रग्स का धन्धा चलाता है। डान्स बार की छोकरी की डायरी से ऐ मानुस का नाम-पता निकला, इन्दौर पुलिस को ले के इसके घर को गया तो छोकरी ..... क्या नाम है ..... समीरा बरामद हुई। छोकरी को कुच्छ मालूम नहीं था, अक्खा बात सुन के उसका होश उड़ गयेला। उसको पोलिस स्टेशन चलने

को बोला तो दो मिनट में आती है, बोल के अन्दर गई और पायज़न खा ली ..... स्साली.... पायज़न पॉकिट में रखेली थी शायद.....।" नीरा तड़पकर बोली, "समीरा ने तो उससे शादी की है, मन्दिर में।" पुलिसवाला ठठाकर हँस पड़ा, "हा! हा! मन्दिर में। अरे ऐसी तो तीन-तीन शादी पहलेइच रचा के बैठेला है। धन्धा मुम्बई में और यह ईधर इन्दूर में शरीफ आदमी का माफिक फैमिली बना के बैठा है...।"

यह सब सुनकर नीरा तो जड़ ही हो गई। समीरा ने अपना बेड़ा तो गर्क किया ही साथ में उन्हें भी मुसीबत में डाल दिया। पुलिसवाला भी धमकाकर गया है कि वह समीरा के साथ नीरा को भी केस में घसीटेगा। सोच-सोचकर नीरा के पसीने छूट रहे थे।

नीरा की तो साँस हलक में ही अटक गई जब डॉक्टर आई.सी.यू. से बाहर आया। न जाने कैसी खबर देगा। मगर डॉक्टर ने बताया कि पेशेण्ट 'आउट ऑफ डेन्जर' है, उसे शारीरिक कमजोरी है, मानसिक आघात भी लगा है, वह डिप्रेशन में है। पहले मनोचिकित्सक उसकी जाँच करेगा, फिर पुलिस उसका बयान लेगी, तब घर के लोग मिल सकते हैं।

शाम को अविनाश कोलकाता से लौट आया था, घर पर ताला देख उसने नीरा को मोबाइल फोन पर कॉन्टैक्ट किया। रोते-रोते नीरा ने सारी बात बताई। अविनाश तुरन्त अस्पताल पहुँच गया।

दो दिन तक समीरा को अधिकतर सुलाए रखा गया और उससे कोई बातचीत नहीं की गई। नीरा और अविनाश के साथ मनोचिकित्सक ने सिटिंग्स की और सारी बातों की जानकारी ली। मनोचिकित्सक का मानना था कि समीरा तनाव, मानसिक दबाव तथा एक्यूट डिप्रेशन की स्टेज में है, उस पर केस तो चलना ही है लेकिन उससे पहले समीरा का नॉर्मल होना अति आवश्यक है। इसके लिए अविनाश और नीरा का सहयोग होना आवश्यक है, लेकिन उससे भी जरूरी है दोनों के बीच अण्डर-स्टैंडिंग क्योंकि इन सिटिंग्स के दौरान उन दोनों के बीच समीरा को लेकर उपजी मिसअण्डरस्टैंडिंग उजागर हो गई थी।

समस्या यह थी कि नीरा अपना दोष मानने को कतई तैयार न थी। तब अविनाश ने उसके साथ खुले शब्दों में बात की। वह आहत स्वर में बोला, "नीरा! मैं समीरा को अपनी बच्चियों से बढ़कर प्यार करता था, ताकि उसे पिता की कमी महसूस न हो। पर तुमने तो गलत अर्थ ही निकाल लिया। मनगढ़ंत, बेबुनियाद कहानी गढ़ ली। वह मुझमें अपने पिता का रूप

देखती थी। लड़की का पिता और लड़के का माँ से लगाव स्वाभाविक है। पिता न होने की वजह से और उम्र में बहुत अधिक अन्तर होने की वजह से उसने बड़े सहज रूप से मुझे पिता के स्थान पर रख दिया। समझने की कोशिश करो, जैसे ही तुमने मुझे उसकी ज़िन्दगी से हटाया, उसने अपने से पन्द्रह वर्ष बड़े उम्र के व्यक्ति से ब्याह रचा लिया। उसके अन्दर की तड़प को समझो। वह 'फादर फिगर' ढूँढ़ रही है, फिर मैं होऊँ या राजीव!'

"मनमानी तो कर ही ली थी तो अब मरने की ज़रूरत क्यों पड़ गई," नीरा तिलमिला उठी।

'तुम समझ क्यों नहीं पा रही हो कि उसने अपना सारा प्यार, विश्वास, आस्था उस राजीव के प्रति रखी थी और अचानक पुलिस ने जब खुलासा कर दिया तो उसे धक्का लगना स्वाभाविक था। उसका विश्वास चकनाचूर हो गया। उसका स्वयं पर से भी विश्वास उठ गया। उसे लगा कि जीवन में कुछ बचा ही नहीं है– ऐसा सोचकर उसने जीवन का अन्त करने का प्रयास किया है, अगर उस समय तुम उसे सहारे के रूप में नज़र आती तो शायद ऐसा न होता...।"

नीरा चिल्ला उठी, "हाँ-हाँ, सारा कसूर मेरा ही है। तुम्हारी रंगरेलियों पर रोक लगाई तो मेरा कसूर है। समीरा को माँ बनकर नसीहत दी, तो भी मेरा ही कसूर है। दस साल की सेवा का तुमने और माँ की तरह पालने का समीरा ने, अच्छा मूल्य चुकाया है। वाह भई वाह! बीमार वह है– लेक्चर मुझे पिलाया जा रहा है ....," कहकर नीरा फफक-फफककर रोने लग गई।

"बीमार वह नहीं, तुम हो नीरा," अविनाश ने अति संयत स्वर में कहा, "अपने को सँभालो! डॉक्टर भी कह रहा था कि तुम पैरानाइड होती जा रही हो। मैं मानता हूँ नीरा, माँ-बाप के न रहने से तुम समीरा के प्रति ओवर प्रोटेक्टिव हो गई थी, उस परिस्थिति में यह स्वाभाविक था। मगर समीरा पर हक जताने की, उसका हर फैसला खुद लेने की, तुम्हारे अन्दर प्रवृत्ति बन गई है। इसलिए जब उसने अपनी शादी का फैसला खुद लिया तो तुमने इसे अपने खिलाफ साजिश मान लिया, तुमने खुद ही यह अर्थ निकाल लिया कि तुम्हें तकलीफ पहुँचाने के लिए समीरा ऐसा बेमेल विवाह कर रही है। नाजुक उम्र की बच्ची की भावनाओं को तुमने ठेस पहुँचाई, उसे सजा देने के लिए उससे नाता भी तोड़ लिया। उस बेचारी ने जिस आदमी पर भरोसा किया, वह भी दगा दे गया। ऐसी मानसिक स्थिति में आत्महत्या की कोशिश करना कोई बड़ी बात नहीं है।

यह मत सोचो यह सब मैं अपने मन से कह रहा हूँ। मनोचिकित्सक से बातचीत के बाद ही मैं तुम्हारे मन की उलझनों को इतने स्पष्ट रूप से समझ पाया हूँ।''

यह सब सुनकर नीरा बेहद शर्मिंदा हो गई। उसकी उलझी सोच ने समीरा की जिन्दगी को ही उलझाकर रख दिया। आज तक अपने मनोभावों को वह स्वयं भी नहीं समझ पाई थी। निरन्तर बहते आँसू उसके मन पर पड़े बोझ को हल्का करते जा रहे थे। उसे लग रहा था कि अब वह साफ-साफ सोच पा रही है। उसने पश्चात्ताप भरे स्वर में कहा, ''अविनाश, तुम जैसा कहोगे मैं मानूँगी। मैं तुम्हारी भी गुनहगार हूँ और समीरा की भी। मैं यह मूर्खतापूर्ण शक न करती तो समीरा भी जल्दबाजी में यह बेमेल शादी न करती...।'' बात को काटते हुए अविनाश बोला, ''देखो, बीती बातों पर रोने का कोई फायदा नहीं है। यह समझ लो कि इस वक्त समीरा दोहरी मुसीबत में है। स्वयं भी मानसिक उलझनों में है, फिर ज़िस व्यक्ति का उसे मुकाबला करना है, वह बहुत बड़ा क्रिमिनल है। देर-सबेर राजीव को पुलिस ढूँढ़ ही लेगी, मुकदमा भी चलेगा। जहाँ तक मैं समझता हूँ समीरा की शादी जिन हालातों में हुई और क्योंकि राजीव की गतिविधियों से वह अनजान थी– उसे राजीव का हमराज़ या साथी नहीं समझा जायेगा। उस पर सुसाइड का केस जरूर बनता है, पर उसके लिए भी राजीव अगर जिम्मेदार साबित हो जायेगा तो मुझे विश्वास है हमारी समीरा सज़ा से बच जायेगी।''

''तुम सच कह रहे हो न? समीरा बच जाएगी न?'', नीरा अधीर हो कर बोली।

''देखो, यह तो अब वकील बताएँगे, बाकी सब बातें छोड़कर समीरा को अपने साथ घर ले जाने की तैयारी करो, डॉक्टर ने घर ले जाकर देखभाल करने की सलाह दी है। हमें समीरा को शारीरिक और मानसिक रूप से स्वस्थ करना है, और उसमें इतनी हिम्मत पैदा करनी है कि वह आने वाली मुसीबत का सामना बहादुरी से कर सके। फिक्र मत करो, हम दोनों उसके साथ चट्टान की तरह खड़े हो जायेंगे।'' अविनाश के मुँह से यह वाक्य सुनकर नीरा भावविह्वल हो उठी। पश्चात्ताप के आँसू थे कि थमने का नाम ही नहीं ले रहे थे। वह समझ गई थी कि अविवेकपूर्ण व्यवहार और सोच रिश्तों में दूरी पैदा कर देते हैं– विशेष रूप से कच्ची उम्र के नाजुक दिल बच्चों से।

दरवाज़े पर खड़ी समीरा यह सब सुन रही थी। इन शब्दों ने मानो उसकी मृतप्राय काया में जान फूँक दी। आज उसे महसूस हो रहा था कि अपनों का प्यार कितना बड़ा संबल होता है। ज़िन्दगी में सही फैसले कितने ज़रूरी होते हैं। एक गलत फैसला ज़िन्दगी को नरक बनाकर रख देता है।

भँवर

आज चौथी बार कान्ता अपने पति के पत्र को पढ़ रही थी। यह उसका नियम था। बारह बजे के करीब वह घर का सारा काम खत्म करके, एक प्याली चाय बनाकर खिड़की के पास बिछी चारपाई पर बैठ जाती। यह कोना उसका प्रिय स्थान था क्योंकि इस सीलनभरे छोटे-से कमरे के इसी कोने में मात्र एक घण्टे के लिए धूप आती थी। आड़ी-तिरछी धूप जिस तरफ भी सरकती, कान्ता उसी तरफ खिसक जाती और तन्मय होकर अपने पति जसविन्दर के दुबई से आए ख़तों को पढ़ती जाती। शुरू-शुरू में उत्साह से पढ़ती– पर आज तो छः महीने हो गए जसविन्दर ने एक भी खत नहीं लिखा। पुराने ख़तों को ही पढ़-पढ़कर उनमें नये अर्थों को खोजती, छः महीनों से जसविन्दर ने उसकी खोज-खबर नहीं ली। बंसीवाला उसकी रक्षा करे। कहीं किसी मुसीबत में तो नहीं।

इतने में पास ही सोई बच्ची जब कराही तब उसका ध्यान उस ओर गया। वह बुखार से तप रही थी। क्या करूँ? इसे डॉक्टर के पास ले जाऊँ? पर वह तो झट से पचास रुपया झटक लेगा और पचास-सौ की दवाइयों का पर्चा लिख मारेगा। उसका क्या जाता है। यहाँ मैं पैसे-पैसे की मोहताज हो रही हूँ। छः महीने से न पैसे, न चिट्ठी, न पत्री। जीती हूँ या मर रही हूँ कोई ख़बर लेने वाला नहीं। ख़बर ले भी तो कौन ले? मैं ही पागल हो गई थी जसविन्दर के पीछे। न आगा देखा न पीछा। बाप के राज-पाट को लात मारकर इसकी फटीचर साइकिल पर सवार होकर मैं कितनी शान से माँ-बाप और दोनों बहनों को छोड़ आई थी। आज दिल में मरोड़ें उठ रही हैं, उस वक्त तो दिल हिलोरें ले रहा था। जब चट्टान-जैसा जसविन्दर साथ है तो मुझे किसी की क्यों परवाह होने लगी? और हम दोनों प्यारे-प्यारे ख़्वाब देखते हुए अमृतसर से दिल्ली आ गए।

दिल्ली में पहले तो बड़ी-बड़ी कॉलोनियों में बड़े-बड़े मकान देखते रहे, पर आसमान को छूते किराये सुनकर पहाड़गंज की गलियों में पहुँच गए

थे। मुझे तो उबकाई आ रही थी तंग गलियाँ और इस सीलनभरे मकान को देखकर, पर जसविन्दर को मैंने एक बार भी नहीं जताया कि मैं यहाँ खुश नहीं।

तीन बरस में एक बेटी और बेटे के आ जाने से खर्चे तो बढ़ने ही थे। ढंग का कोई काम न था। मैं खुद नौकरी करने की बात उठाती तो जसविन्दर आगबबूला हो उठता। वह तो भला हो शकुन्तला का जो उस के आदमी ने दुबई जाने का विचार जसविन्दर के मन में डाला। वह खुद भी पिछले पाँच साल से वहीं था। साल में एक दफा दिल्ली आता। शकुन्तला का घर नयी-नयी चीजों से भर जाता। काली-कलूटी शकुन्तला सोने के गहनों से लक-दक हो गई थी। बदशकल बच्चे महँगे-महँगे कपड़े पहनकर चमक गए थे। एक वही तो थी मुहल्ले में जो उससे बात करती थी, बाकी पड़ोसी तो उसकी शक्ल देखना भी पसन्द न करते थे। न जाने नासपीटों को कहाँ से पता चल गया था कि मैं बिना ब्याह किये जसविन्दर की घरवाली बनी हुई हूँ। जसविन्दर भी तो अपनी मनमर्ज़ी वाला है, कितना कहा था मैंने कि पहले किसी मन्दिर में शादी कर लेते हैं पर वह यही कहता रहा, तुझे मेरे पे भरोसा नहीं है क्या जो शादी की रट लगाए रहती है, उसे गुस्सा न चढ़े इसीलिए चुप्पी मार गई थी, मेरे पापाजी को कितनी चाह थी धूम-धाम से मेरी शादी करने की। कितना दान-दहेज लेकर निकलती मैं और अब..........

कान्ता शायद घण्टों अतीत के हिंडोले में हिलोरें लेती रहती पर इतने में उसका बेटा रोता-रोता घर के अन्दर दाखिल हुआ। बाहर खेलते वक्त पैर मुड़ गया था। कान्ता का मन हुआ अपना माथा पीट ले। लड़की की दवाई का जुगाड़ नहीं और यह अपनी मुसीबत लेकर आ गया है। क्या करूँ? ठीक है। शकुन्तला के पास ही जाती हूँ। शकुन्तला का नुक्कड़ वाले डॉक्टर से पता नहीं क्या दोस्ताना है जो सेंपल वाली ढेर सारी शीशियाँ और क्रीमें देता रहता है उसको। हालाँकि मुझे उससे माँगना बिलकुल अच्छा नहीं लगता। अभी पिछले महीने ही 200 रुपये माँगे थे तो रईसज़ादी ने साफ मना कर दिया था। मुफ्त में मिली दवाइयाँ शायद दे ही दे।

बच्चों को वहीं छोड़ शाल लपेटकर वह शकुन्तला के घर की तरफ चल दी। मन कड़वाहट से भरा हुआ था। पहले तो उसकी डींगें सुननी पड़ेंगी, दुबई से आए पार्सल देखने पड़ेंगे, हाथ नचा-नचाकर सोने की अँगूठियाँ दिखाएगी और आदमी के ऐसे गुण गाएगी जैसे सारे दुबई का

वही मालिक हो। खैर अपने को क्या करना। बस, दवाई माँगूँगी और उल्टे पैर लौट आऊँगी।

वहाँ पहुँची तो नज़ारा कुछ और ही था। बड़ी नरम पड़ी हुई थी शकुन्तला। आँखें भी भीगी-भीगी थीं। आवाज़ का जोश और ठसका गायब था। चुपचाप दवाइयाँ भी दे दीं और सौ रुपये भी हाथ पर रख दिये, इससे कान्ता के मन की कड़वाहट भी कुछ-कुछ धुल गई।

मजबूरी की मारी कान्ता ने सौ रुपये तो पकड़ लिये पर मन शर्मिंदगी से भर गया था। जसविन्दर टाइम पर पैसे भेज देता तो क्यों भीख़ माँगनी पड़ती। मैंने तो दुबई का किराया जुटाने के लिए जो दो-चार जेवर पहने हुए थे, वह भी बेच दिये थे। सोचा था, यह सब तो धीरे-धीरे बन जाएगा। पहले ही महीने जब दो हजार भेज दिया था, तो मन पींगें भरने लग गया था। लगता था, पींगों की ऊँचाइयाँ बढ़ती जाएँगी और मैं आसमान छू लूँगी अब तो जैसे धड़ाम से जमीन पर पटकनी खा गई हूँ। आज मंगलवार है शायद शनिवार को उसका ख़त आ जाए। जसविन्दर ने आखिरी ख़त में लिखा था, "मैं मकान बदलने वाला हूँ, तू ख़त मत लिखना। मकान बदलकर नया पता दूँगा।" क्या करूँ? पुराने पते पर ख़त लिखूँ? मगर क्या फायदा उस तक पहुँचेगा नहीं, और एक हफ्ता इन्तज़ार करूँ। वंशीवाला उसकी रक्षा करे। कुछ ऊँच-नीच हो गई तो मैं दो बच्चों के साथ क्या करूँगी।

एक हफ्ता तो क्या कई हफ्ते बीत गए। न ख़त आना था न आया। शकुन्तला के घर के छोटे-मोटे काम कान्ता करती रही और बदले में वह उसकी मदद करती रहती।

एक दिन सब्र का बाँध टूट ही गया। कान्ता ने शकुन्तला से खुलकर बात की और मिन्नत करी कि वह किसी तरह जसविन्दर का पता लगवा देवे। शकुन्तला ने बताया कि करोलबाग़ का एक दुकानवाला उसकी पहचान का है जिसका बेटा दुबई आता-जाता रहता है, उसी से कहूँगी कि खोज-ख़बर लाये। इस पर कान्ता ने ज़ोर देकर कहा कि उस आदमी को मेरे बारे में कुछ न बताना। न ही वह आदमी जसविन्दर पर यह ज़ाहिर करे कि किसी ने उसके बारे में पुछवाया है। जसविन्दर बहुत गुस्सेवाला है। कहेगा मेरी जासूसी करवा रही है। बस मुझे यह पता चल जाये कि वंशीवाले की किरपा से वह वहाँ ठीक-ठीक है।

लगभग एक महीने के बाद शकुन्तला उसके घर आई। आज पहली बार वह उसके घर चलकर आई थी। कान्ता ने बड़े चाव से उसे बिठाया।

शकुन्तला ने चुपचाप उसके सामने ख़त रख दिया। ख़त उसी दुकानदार के बेटे का था जो उसने अपने बाप को लिखा था। ख़त की अन्तिम पंक्तियाँ पढ़कर शकुन्तला स्तब्ध रह गई, "मैं जसविन्दर के पते पर गया था उसके रिश्तेदारों का कहना कि वह वहाँ पर अपनी पत्नी के साथ कुशलतापूर्वक और बेहद खुशहाल है। और हाँ, उसकी दो महीने की बच्ची भी ठीक-ठाक है।" ...कान्ता ने फ़टी आँखों से ही शकुन्तला से प्रश्न किया, "और तेरे पति के बारे में?" शकुन्तला की आँखें डबडबा आईं, मुँह में दुपट्टा ठूँसकर वह तेजी से पलट गई। कान्ता ने देखा, वैसे ही दुःख के काले बादल शकुन्तला की आँखों में भी तो तिर आए थे जैसे उसकी अपनी आँखों में घुमड़ आए थे। दोनों सहेलियाँ ठगी गई थीं। आज पहली बार कान्ता को महसूस हुआ मानो अचानक ही वह किसी भँवर में फँसी हुई गोल-गोल घूमे जा रही है– जल्दी ही ठोस धरातल को न पकड़ा तो वह बह जाएगी। कुछ क्षण वह जड़वत खड़ी रही फिर हौले से उठी, अख़बार उठाया, चारपाई के कोने पर धूप में बैठ गई और उस पन्ने को खोलकर पढ़ने लगी जिसमें नौकरियों के लिए विज्ञापन थे।

कहर

रात के 11 बजे हैं। मूसलाधार पानी बरस रहा है। अमृतसर की गलियाँ पानी से लबालब भर गई हैं। हरमीत अपने बिस्तर पर लेटी है। मगर नींद उसकी आँखों से कोसों दूर है। वह बहुत परेशान है क्योंकि उसका बेटा राजिन्दर घर नहीं लौटा है। उसे डर लग रहा है। बरसात की रातें उसे बड़ी खौफनाक लगती हैं। बरसातें शुरू होते ही उसका जी कैसा कैसा हो उठता है। उसका बस चले तो बरसातें शुरू ही न होने दे। पाँच वर्ष पूर्व ऐसी ही कहर ढाती रात थी। रात के 12 बजे कुण्डी जोर से खड़की थी! उसने हुलसकर दरवाजा खोला था कि उसका शौहर घर आ गया है। पर दरवाजा खोलते ही उसकी लाश को देखकर उसने छाती पीट ली थी। और गश खाकर गिर पड़ी थी।

अपने शौहर सुखबीर की याद आते ही उसकी छाती में मरोड़-सा उठा। हाय! कितना नेक बन्दा था। बिलकुल अल्लाह की गाय। दोनों वक्त पाठ करता। गुरु वाणी तो हर वक्त मुँह पर चढ़ी रहती। गुरुद्वारे जाकर नियम से सेवा करता। हरमीत को कितना प्यार करता था वो। हरमीत थी भी तो लाड़-प्यार की भूखी। बचपन में माँ-बाप न रहे, चाचा-चाची ने पाला-पोसा। लाड़-प्यार भला कौन करता। ब्याह के वक्त चाचा ने समझाया था कि लड़का विधुर है तो क्या– कोई बाल-बच्चा नहीं है। उम्र थोड़ी बड़ी है। बारह बरस तुमसे बड़ा जरूर है पर तुम्हें प्यार से रखेगा। शरीफ लड़का है। गली-मोहल्ले वाले उसकी तारीफ करते नहीं थकते। हरमीत ने सारी बात सुनकर चाचा की इच्छा के आगे सिर झुका दिया था।

ब्याह के बाद पति ने प्यार तो भरपूर दिया था। मगर उसका हाथ तंग रहता था। जब ब्याह हुआ था उस वक्त वह गली-गली जाकर खेस और दरियाँ बेचता था। हफ्ते के हफ्ते नुख्स वाला सामान उठाना और घर-घर जाकर उसे फ्रेश और बढ़िया कहकर बेचना। इतनी पूँजी न बन पाती थी कि ज्यादा माल उठा सके। बस गुजारे लायक ही पैसा आ पाता

था घर में। अभी सालभर पहले ही थोड़ा-थोड़ा पैसा जोड़कर और कुछ उधार लेकर उसने छोटी-सी दुकान खरीदी थी। सुखबीर चाहता था कि आमदनी बढ़नी चाहिए, क्योंकि पाँच वर्ष के अन्दर ही उसके तीन बच्चे हो गये थे। बड़ा राजेन्दर, उससे छोटी कुलजीत और सबसे छोटी परमजीत। परिवार बढ़ाने से खर्चे फैलते गये और हसरतें मन में ही सिमटती चली गईं।

कितनी चाहना थी सुखबीर को कि इस तंग गली के सीलनभरे मकान से वह निकल सके। दो छोटी-छोटी कोठरियाँ, बाहर छोटा-सा आँगन, जिसके एक कोने में वह चूल्हा-चौका करती थी। बारहों महीने यहाँ धूप के दर्शन नहीं होते थे। सर्दियों में तो हाथ-पैर गलने लगते थे। तिमंजिला मकान पन्द्रह किरायेदार, दो-दो कोठरियों में साथ-साथ, आठ-आठ प्राणी मुर्गी के दड़बों की तरह रह रहे थे। तरस गई थी हरमीत कि बड़ा-सा खुला घर हो जिसका आँगन धूप से भरा हो और वह आराम से बैठकर धूप सेंक रही हो। पर मरद बेचारा उसका यह ख्वाब पूरा न कर पाया।

उसे आज भी याद है जब वह दुलहन बनकर आई थी— उसके चाँद-से चेहरे को हाथों में लेकर उसके गालों में पड़ने वाले गड्ढों को चूमकर उसका शौहर निहाल हो-होकर कहता था, "मीती! दिल करता है कि तुझे गहनों-कपड़ों से सजा दूँ और तुझे इतना सैर-सपाटा कराऊँ कि तू थककर कहे, अब बस करो जी । अब बस करो जी।" और वह उसकी बातों पर हिच-हिचकर कितनी देर तक हँसती रहती थी। याद करते ही उसके मुख पर बरबस मुस्कान आ गई। उसका हाथ स्वतः ही अपने गाल के गड्ढों पर चला गया। पति की याद में एक हूक-सी उठी और आँखों से टप-टप आँसू बह निकले। गहने-कपड़े तो दूर उसने तो कभी कश्मीरा चाटवाले की दुकान से दो आने के गोलगप्पे तक न खाये थे। सारे अमृतसर में उसकी चाट मशहूर थी। कई दफा प्रोग्राम बने, बच्चों को ले जाकर चाट-पकौड़ी खिला लायेंगे। पर पैसे का हिसाब-किताब लगाकर वह खुद ही पीछे हट जाती। सुखवीर के आग्रह करने पर कहती, "क्या करेंगे जी जाकर, बच्चों के गले नरम हैं आजकल, फजूल में खाँसी हो जाएगी। सुखबीर भी जानता था कि वह किरस करके पैसे बचा रही है। सामने दो लड़कियों के शादी-ब्याह दिख रहे हैं। पर हरमीत को क्या पता था कि नेक काम के लिए जोड़ा उसका पैसा उसके शौहर के कफन-दफन में खर्च हो जाएगा। सोचते हुए उसके मुँह से ठंडे श्वास निकलने लग गए। वह मुँह

से तो जोर-जोर से वाहे गुरु, वाहे गुरु जपती जा रही थी पर खुली आँखें वह नज़ारा देख रही थी जो वह अक्सर देखा करती है– जब ऐसी ही काली अँधेरी रात थी। झमाझम पानी बरस रहा था। बादल दहाड़-दहाड़कर कह रहे थे कि हमें तो आज ही बरसना है। शहर में दंगे चल रहे थे। सुखबीर दुकान बन्द कर रहा था कि एक गोली सनसनाती हुई आयी और उसके सिर को चीरती हुई निकल गई। ताला कहीं गिरा और कुंजी कहीं गिरी। कितनी देर तक वह ऐसे ही सड़क पर पड़ा रहा। रात के 12 बजे सुखबीर नहीं, उसकी लाश घर आई थी। उसकी तो दुनिया ही खत्म हो गई। बच्चे छोटे थे। कमाने वाला चला गया था। जिससे उधारी लेकर दुकान खरीदी थी उसने दुकान पर कब्जा कर लिया था। हरमीत दुकानों से दुपट्टे लाकर उन पर फुलकारी काढ़-काढ़कर दो रोटी कमाती रही है। छोटी-छोटी बच्चियाँ घर के काम भी करती हैं और कढ़ाई में माँ की मदद भी करती हैं। कुलजीत तो पीछे पड़ी है माँ, सिलाई की मशीन खरीद लेते हैं। आमदनी बढ़ जाएगी पर वह पैसे कहाँ से लाए। वह तो लड़कियों को स्कूल तक में दाखिल नहीं करा पाई। इस वक्त उसके अगल-बगल सोई कितनी मासूम और भोली लग रही हैं। उसने दोनों के सिर पर हाथ फेरा, मन ही मन दुआएँ देने लग गई। लड़कियाँ तो नेक हैं पर राजिन्दर?

राजिन्दर का ध्यान आते ही वह फिर वर्तमान में लौट आई। अचानक दुख की जगह उसे चिन्ता ने आ घेरा। आजकल राजिन्दर हो भी तो अजीब-सा गया है। उसके तो तेवर ही नहीं समझ में आते। जबसे मसें भीगी हैं, अपने आप को पूरा मर्द समझने लग गया है। गुस्सा तो नाक पर रहता है। सीधे मुँह बात ही नहीं करता। छोटी पम्मी कह रही थी कि उसने वीरजी के जेब में नोटों की गड्डियाँ देखी हैं। सोने की रंग की चमचम करती घड़ी भी खरीद लाया है। जूते भी आजकल के लड़कों वाले ले आया है। ढंग से बात ही नहीं करता और न ही मेरे हाथ पर पैसे रखता है। खाने की थाली तक उठाकर फेंक देता है। सौ-सौ लानतें भेजता है बाप के नाम को। जब वह बाप को कँगला कहकर बोलता है तो मीती की छाती फटने लगती है। पर किस्मत की हारी हुई है। डर के मारे चुप हो जाती है। एक ही बेटा है अगर यह भी किनारा कर गया तो वह कहीं की न रहेगी। वह मन ही मन वाहे गुरु को याद करती है। "बाबा, इस नादान पर मेहर करो। इस दियाँ भुल्ला बक्शीं महाराज।" कभी कानों को हाथ लगाती और कभी आँखों को मूँदकर हाथ जोड़ती।

वर्तमान और अतीत के हिंडोले में हिचकोले खाती-खाती वह उनींदी होती जा रही है। पर एक तो राजिन्दर की चिन्ता दूसरे यह नामुराद बरसात जैसे दो प्रहरियों की भाँति खड़ी है, मज़ाल है कि नींद उसमें घुस पाए। उधर बरसात का वेग बढ़ता है, इधर हरमीत के मन में ज्वार चढ़ता है। उसका जी चाहता है कि कोई बटन हो जिस पर वह उँगली धरे और पटाख से यह मरी बरसात बंद हो जाए और चारों तरफ उजाला भर जाए। जो इस काली स्याही की रात को पोंछ दे।

सोच-सोचकर हरमीत के मस्तिष्क की नसें इतनी थक गई थीं कि वह आँखें खुली नहीं रख पा रही थी, बन्द करती तो उसे काले भैंसे पर बैठा हुआ यमराज नजर आता जो पानी से भरी अँधेरी गलियों में किसी को खोजता फिर रहा था। डर के मारे वह और जोर से आँखें मींचती है। और उसे ऐसा महसूस होता है कि वह हौले-हौले कहीं नीचे सरकती जा रही है, जहाँ सब्र कुछ शांत है, कोई आवाज नहीं, कोई स्पन्दन नहीं, और अचानक वह जगह एक विशालकाय समुद्र में परिवर्तित हो जाती है। चारों ओर पानी ही पानी है और वह समुद्र के मध्य एक रेत के डूह पर खड़ी है, पर यह क्या? अचानक वह रेत का डूह भुरभुराने लग गया और वह सागर में डूबने ही वाली है, भय के मारे उसकी चीख निकल गई। पसीने से तर बतर उसने आँखें खोली तो देखा कि उसने चारपाई का पाया बड़े कसकर पकड़ा हुआ है और इतने में ही आसमान में ऐसी बिजली गरजी कि जैसे आसमान फट ही जाएगा। दूर कहीं गिरजाघर के घड़ियाल टन-टन बारह घंटे बजा रहे थे। बड़ी जोर से कुण्डी खड़की, भड़भड़ दरवाजा भड़भड़ाया। हरमीत की तो जैसे साँसें ही रुक गई थीं। कदमों से खिसकती हुई वह दरवाजे तक पहुँची। दरवाजा खोला, सामने राजिन्दर के दोस्त खून से लथपथ राजिन्दर की लाश लेकर खड़े थे– एक ने आगे बढ़कर धीरे से उसके कान में कहा, "बीजी, राजिन्दर उग्रवादियों में मिल गया था। आज काम ठीक न करने पर उन्होंने इसे गोली मार दी।"

यह शब्द हरमीत के कानों में गरम सीसे की तरह पड़े, उसने अपनी छाती कूटकर जोर से दहाड़ मारी, "हाय वे रब्बा मार सुट्टया ई !....."

और इसके आगे मीती को कुछ याद न रहा। याद न था कि क्या हुआ और न ही इस हृदय विदारक चीख के बाद किसी ने कोई शब्द ही सुना उसके मुख से। आज भी अमृतसर की गलियों में वह पथराई आँखों से कुछ खोजती नजर आ जाती है।

जड़ें

कमला रसोईघर में फुर्ती से काम कर रही थी। शर्माजी उसे देखकर हैरान हो रहे थे। आज कमला को न तो कमर-दर्द परेशान कर रहा था और न ही हाथ-पैर दर्द कर रहे थे। शबरी की तरह विभोर हुई जा रही थी। गाजर का हलवा बन गया, गुझिया तली जा रही हैं। प्रकाश की दो दिन के लिए सपरिवार आने की सूचना मात्र ही रामबाण हो गई। वाह री औलाद का मोह!

शर्माजी स्वयं भी कम उतावले नहीं हो रहे थे। आज जल्दी ही नहा-धोकर बैठे थे। कमला को रसोई निपटाते-निपटाते एक बज गया था। नजरें द्वार पर ही टँगी थीं। आँखें पोते-पोती को गले लगाने के लिए तरस रही थीं। अभी आयेंगे और अम्मा-अम्मा की गूँज से सारा घर किलक उठेगा। इत्ता बड़ा घर और दो प्राणी, भुतहा-सा लगने लगे हैं। कमला मन ही मन सोच रही थी, इस बार तो परकाश को मना ही लूँगी। इसीलिए तो उसे डॉक्टर बनाया था कि वापिस यहाँ आकर अस्पताल बनायेगा। मगर इस डॉक्टरनी बहू ने ऐसी छड़ी फिराई कि बेचारा सब भूल गया।

अरे, मथुरा क्या अब गाँव रह गया है? यहाँ किस चीज की कमी दीखे है तुझे। अपनी जमीन है, नीचे अस्पताल बनाओ, ऊपर रहने के कमरे। यहाँ नाते-रिश्ते सब अपने लोग हैं। बहू तो दिल्ली की ठहरी– बस एक ही रट लगाए रहती है, "यहाँ देहात में क्या करेंगे, न हो तो आप लोग ही उधर आ जाएँ।" "अरे देख लिया दो दफे तेरे पास भी जाकर। हमारी जरूरत क्या है तुम्हें? घर तुम्हारा। गृहस्थी तुम्हारी। हुकुम तुम्हारा। महरियाँ घुसी रहें तुम्हारे चौके में– उनकी न जात का पता न चरित्तर का। बीमार पड़ो तो मरीजों की तरह ही सुई-थर्मामीटर लगा जाओ, न पास न पड़ोस, न गली न मुहल्ला। न इँगरेजी हमें आवे, न पंजाबी। न भइया, हम तो इहाँ भले, हमारे बुढ़ापे का खयाल हो तो यहीं डेरा डाल लो...।" कमला के 'बहू पुराण'

के अध्याय शायद खुलते ही चले जाते परन्तु दरवाजे पर रुके ताँगे की आवाज ने उसमें व्यवधान डाल दिया।

कमला हाथ का काम छोड़ दरवाजे की ओर लपकी परन्तु ताँगे में से अकेले प्रकाश को किसी अनजान व्यक्ति के साथ उतरते देख मन बुझ गया। शर्माजी को भी झटका-सा लगा। परन्तु उस अनजान व्यक्ति के सामने अपने हृदय में उठते ज्वार को दबाकर वह हँसी-खुशी दोनों को अन्दर लिवा लाए। पूछने पर प्रकाश ने संक्षिप्त-सा उत्तर दे डाला, "बच्चों की परीक्षा निकट है इसलिए माधुरी और बच्चे नहीं आ पाए" परन्तु यह उत्तर माता-पिता को सन्तुष्ट न कर पाया।

दोपहर का खाना खाकर शर्माजी घर के अन्दर रजाई से मुँह ढाँपकर सो गये। कमला आँगन में धूप में चारपाई डालकर औंधी पड़ रही। प्रकाश मित्र को घुमाने के बहाने से निकल गया। थकावट और आक्रोश से कमला का तन-मन जला जा रहा था। वह जानती थी कि इस वक्त शर्माजी से बात करना बेकार है। गुस्सा और दुःख दोनों हाल में ऐसी चुप्पी साधें कि कोई मुँह न खुलवा पायेगा, बुलाने पर भूखे बाघ की तरह दहाड़ेंगे। कमला का मन हो रहा था बहू का झोंटा पकड़कर घुमा डाले। खुद न आती, बच्चों को तो भेज देती। पढ़ाई का तो आजकल अच्छा बहाना है। जहाँ न जाना हो, कह दिया— पढ़ाई करनी है बच्चों को।

हृदय की कुंठाओं को शब्दों के रूप में उगलते-उगलते उसका मन थोड़ा हल्का हो गया। कब उसकी आँख लग गई कमला को पता ही न चला। जब आँगन से धूप सरकने लगी तो शीतल बयार के झोंके ने उसे हिला दिया। उठकर देखा, शर्माजी अन्दर खर्राटे ले रहे हैं। प्रकाश बाहर उस मेहमान के साथ खड़ा है। उसके हाथ में लोहे का फीता था, थोड़ी दूरी पर एक और आदमी खड़ा था। शायद अस्पताल बनाने के लिए नाप-जोख चल रही है। इस विचार मात्र से ही मन में घुला अवसाद क्षण भर में घुल गया। आँखों में सुनहले सपने तिर रहे थे, अस्पताल बनेगा। सब साथ रहेंगे। नरम-नरम सपने हौले-हौले अपनी गरमाहट बूढ़ी हड्डियों में प्रवाहित कर रहे थे और कमला के थके शरीर को स्फूर्ति प्रदान कर रहे थे।

कमला लपककर अन्दर गई। चटपट चूल्हा जलाकर चाय के लिए पानी चढ़ा दिया। हलवा, गुझिया और दालसेव के साथ सबको चाय पिलाई और रात के खाने की तैयारी में जुट गई। गाँव से आया आदमी चला गया था और शर्माजी बेटे के साथ बैठक में बैठ गए।

रात का खाना निबटाने तक कमला बेहद थक गई थी। चौका समेटकर वह अपने कमरे में सोने आ गई। प्रकाश और उसके मित्र का बिस्तर शर्माजी ने बैठक में ही लगा दिया। कमला की आँखें मुँद रही थीं परन्तु शर्माजी की बात सुनकर जैसे सारे बदन में बिजली का झटका लग गया। नींद उड़ गई और वह एक झटके से बिस्तर में उठकर बैठ गई। शर्माजी की कही बात पर विश्वास नहीं आ रहा था। अपना बचवा ऐसा कर सकता है क्या? शर्माजी आहत स्वर में बोले, प्रकाश ने हमारा यह पुश्तैनी मकान बेच दिया है– उस आदमी को जिसे वह दोपहर में गाँव से बुलाकर लाया था, कुल तीन लाख में। पचास हजार वह एडवांस दे गया है बाकी मेरे द्वारा कागज पर दस्तखत करने के बाद देगा। सुनकर कमला को ऐसा लगा जैसे किसी ने गरम-गरम सीसा उसके कानों में उड़ेल दिया हो और वह उसकी छाती तक पहुँचकर उसे जलाये जा रहा है। ''हाय बचुआ तूने हमें ही बेघर कर दिया। बाप से पूछने की गरज भी न हुई। बाप-दादा की जैदाद तू बेच ही कैसे सकता है? और वह भी बिना पूछे?"

"और हम कहाँ जाएँगे?" कमला ने लड़खड़ाती जुबान से पूछा।

"कहता है साथ चलकर रहो, दो जगह का खर्चा करने की क्या जरूरत है? वहाँ एक छोटा-सा अस्पताल बनाना है, पैसे कम पड़ रहे हैं।" शर्माजी निढाल स्वर में बोले।

"मैं समझती हूँ, सब समझती हूँ। यह सब इसकी डॉक्टरनी का कमाल है। खुद नहीं आई, बच्चों को नहीं भेजा। परकाश को पट्टी पढ़ा कर भेज दिया। नहीं तो क्या मैं समझती नहीं? मैं सब समझती हूँ। हमारा परकाश इत्ता चतुर कैसे हो गया? सुबह से वह कौन संग आया है। दोपहर को घूमने का बहाना करके ले गया। चुपचाप नाप भी ले गया। मकान का सौदा भी हो गया। बयाना भी हाजिर है। यह सब बहू की पढ़ाई पट्टी है, नहीं तो अपना परकाश ऐसा न था।...."

"अच्छा अब चुप भी कर। बोलती ही जायेगी क्या?अब आगे सुझा मैं क्या करूँ?

कमला का तो दिमाग सुन्न हो गया था। शरीर में रक्त नहीं बर्फ-सा ठंडा पानी बह रहा था।

"हम तो दोनों तरफ से मारे गये जी। अब मना करोगे तो बवेला खड़ा होगा– वह भी पराये आदमी के सामने। मान जाते हो तो अपना बुढ़ापा

खराब होता है। हम तो न घर के रहे, न घाट के। अब बाकी की उमर बहू की जी-हजूरी में निकलेगी।"

"बात जी-हजूरी की नहीं है, कमला। बात मनमानी की है। न जाने आजकल यह कैसी हवा बह रही है, बच्चों के जवान होते ही सारे सिखाये-पढ़ाये संस्कार न जाने कहाँ बह जाते हैं?"

"घर-घर यही तो हो रहा है जी। बेटे जो कमायें उस पर माँ-बाप का हक न बने है पर माँ-बाप के पास जो है सो सब उनका है। आजकल की लुगाइयाँ ही उल्टी पट्टी पढ़ावे हैं...."

"अरी लुगाइयाँ उल्टी पट्टी पढ़ावे हैं तो मरदन की क्या अकल घास चरने गई है?"

"कुछ तो करो जी। ऐसा हल निकालो, न परकाश नाराज होवे और न यह मकान हाथ से जावे...."

इसके बाद शर्माजी चुप्पी साध गए। रातभर दोनों जन करवटें बदलते रहे। दोनों एक-दूसरे के मन की दशा समझ रहे थे। सुबह चार बजे जाकर कमला की आँख लगी। आदत के मुताबिक सुबह छह बजे उसकी आँख खुली तो देखा शर्माजी अपनी चारपाई पर नहीं थे। उनींदी-सी वह सोचने लगी सैर करने को गए होंगे। रातभर के जागरण के मारे सारा शरीर शिथिल हो रहा था। चारपाई से अलग होने को जी ही नहीं हो रहा था।

इतने में शर्माजी के आने की आहट हुई और बैठक से प्रकाश की अलसाई-सी आवाज आई, "बाबूजी कहाँ चले गए थे सुबह-सुबह?"

"मैं उसी आदमी के पास गया था प्रकाश। कल जो पचास हजार वह दे गया था– वह मैंने वापिस कर दिया। मैं और तुम्हारी अम्मा यह गाँव छोड़कर कहीं नहीं जायेंगे। हाँ, जब भी तुम्हारा विचार हो तुम यहाँ आकर अस्पताल बना सकते हो। अब इस उमर में अपने ठिकाने से उठना हमारे बस की बात नहीं।"

प्रकाश हतप्रभ रह गया, "यह क्या किया बाबूजी आपने? मुझसे पूछा होता? वह आदमी क्या सोचता होगा? सारी मेहनत बेकार गई।"

शर्माजी बोले, "बेटा पहली बात तो पूछना तुमको मुझसे था, न कि मुझे तुमसे। मेरी हामी की तो तुमने परवाह भी नहीं की, रही बात मेहनत की सो मकान बिक गया तो मेरी तो सारी जिन्दगी की मेहनत बेकार जाएगी। पाई-पाई सेंत कर, धेला-धेला रोजमर्रा के खर्चों से काटकर तुम्हारी अम्मा ने पैसा जोड़ने में मेरी मदद की, तब जाकर यह मकान बना जिसे

हमने अपने, सिर्फ अपने बुढ़ापे के लिए बनाया है। यहाँ हमारी जड़ें हैं। नयी पौध नयी मिट्‌टी पकड़ती है बेटा, बूढ़े पेड़ की जड़ें तो मजबूती से अपनी धरती से चिपकी रहती हैं। उन्हें उखाड़ने का यत्न न करो..."

"बाबूजी मैं आपको बेघर तो नहीं कर रहा। आप दोनों को साथ ले जा रहा हूँ...." बात को बीच में काटते हुए शर्माजी बोले, "मैंने भी ऐसा कुछ नहीं कहा बेटा। तुम हमारी भावना को समझो। तुम हमारी अकेली औलाद हो, जो कुछ भी हमारे पास है वह तुम्हें ही मिलेगा– लेकिन हमारे मरने के बाद।" एक साँस में शर्माजी बोल गए। कमला उनके स्वर की दृढ़ता देखकर चकित भी हुई और आश्वस्त भी। शर्माजी के निर्णय ने मानो उसके भीतर नयी उर्जा का संचार कर दिया। वह झटके से उठी। मन ही मन भगवान को याद किया और दुगुने उत्साह से दिनचर्या में जुट गई, "आज ही तो प्रकाश को वापिस जाना है। मैं जानती नहीं क्या? मैं सब जानती हूँ। वहाँ मरीज उसका इन्तजार कर रहे हैं। बहू अकेली है। बच्चों के इम्तहान सिर पर हैं......।"

बेस्ट ऑप्शन

घड़ी में दस बज रहे थे। गुस्से से तमतमाई आरती घर के अन्दर-बाहर कई चक्कर लगा चुकी थी, मगर आनंद के लौटने के आसार ही नज़र नहीं आ रहे थे। सोच-सोचकर उसका दिमाग गर्म हो रहा था। दस बजे उसकी क्लाइन्ट के साथ मीटिंग थी। आनंद को इस बात का पता था फिर भी जानबूझकर ऐन टाइम पर गाड़ी लेकर चले गये। आरती के लिए अब यह कोई नयी बात नयी रह गई है। जब से आनंद का रिटायरमेण्ट हुआ है ऐसी हरकतें लगातार बढ़ती जा रही हैं। स्वयं को व्यस्त रखने के बजाय नित नवीन हथकंडे अपनाये जा रहे हैं ताकि आरती तंग आकर बैठ जाये।

तंग तो आरती आ ही रही थी। उसे देरी हो रही थी। अब उसे ऑटो से ही जाना पड़ेगा। जैसे ही उसने घर के पास रुकी ऑटो को आवाज लगाई, आनंद गाड़ी लेकर आता हुआ दिखाई दिया। खीझकर दबी आवाज में वह बोली, "आपको मालूम था कि मैं लेट हो रही हूँ...फिर भी...? कहाँ चले गए थे?" आनंद ने घूरकर आरती को देखा, "काम से गया था! सारा दिन तो आपके घर की चौकीदारी ही करनी है।" उखड़ा-सा जवाब सुनकर आरती का बी.पी. हाई हो गया, फिर भी स्वयं को संयत करते हुए बोली, "जली-कटी क्यों सुनाते रहते हो? तुम्हारा रिटायरमेण्ट क्या हुआ, मेरे जी का जंजाल हो गया।"

तुरन्त पलटवार हुआ, "तो काट फेंको इस जंजाल को। न रहेगा बाँस न बजेगी बाँसुरी.........।"

"क्या मतलब?" आरती हतप्रभ रह गई।

"मतलब साफ है, अपना बिज़नेस करो ठप और घर बैठो। वरना.....?"

"वरना क्या ?" आरती की साँस ही थम गई।

"मैं घर छोड़कर चला जाऊँगा।" आनंद चिल्लाया।

आरती सन्न रह गई। उसे कोई जवाब नहीं सूझा। वह रोबोट की भाँति घर से निकली, कब वह कार में बैठी और ऑफिस पहुँची– उसे याद नहीं।

सारा दिन उसने स्वयं को काम में ख़पाये रखा। दिनभर न कुछ खाया न पिया।

शाम के सात बज गए। सारा स्टाफ घर चला गया। आरती निढाल-सी बैठी थी। घर लौटने की कोई उतावली नहीं थी। एक ही वाक्य उसके दिमाग में घूम रहा था, ''काम करो ठप और घर में बैठो।'' पहले तो उसका अनुमान भर था कि अब आनंद चाहता है कि वह काम बन्द कर दे लेकिन आज आनंद ने अपनी स्वार्थी सोच का स्वयं ही खुलासा कर दिया। आरती आहत हुई थी। पिछली बातें रह-रहकर उद्वेलित कर रही थीं, मेरी और बच्चों की बोरियत का तो ज़िन्दगीभर कभी ध्यान नहीं आया, आज अपना समय नहीं कट रहा तो फ़रमान जारी कर दिया कि काम बन्द कर दो। आनंद को तो फतवे जारी करने की आदत-सी हो गई है। 'मैं' 'मैं' और सिर्फ 'मैं'! यही फिलॉसफी रही है ज़िन्दगी भर। दूसरों की भावनाओं के प्रति संवेदनशीलता तो है ही नहीं। आज सटाक से घर छोड़ने की धमकी दे दी। मैंने तो कभी ऐसी धमकी नहीं दी? दोहरी ज़िम्मेदारियाँ निभाती ही चली गई। दस साल की कड़ी मेहनत के बाद इस मुकाम पर पहुँची हूँ और फिर बिज़नेस भी आनंद के कहने से ही शुरू किया था। भूल गए जब मैं दिनभर बोर हुआ करती थी? जब मुझसे पिण्ड छुड़ाने के लिए ताना मारा था, "मैं अपने कैरियर की सोचूँ या तुम्हें दिनभर घुमाता रहूँ? पढ़ी-लिखी हो, आर्किटेक्ट हो... अपनी सखी-सहेलियों के बँगले सजाओ....।'' घर के गैरेज के एक कमरे से शुरू करके आज जब एम.जी. रोड के महँगे शो-रूम की मालकिन बन गई हूँ तो काम छोड़ दूँ? कठपुतली हूँ क्या?

''क्या करूँ, कठपुतली तो मुझे बनना ही पड़ेगा। काम नहीं छोड़ूँगी तो अलगाव की स्थिति आ जायेगी। अलगाव! लोग क्या कहेंगे?

हमारी बहू, दामाद, उनके घरवाले, पास-पड़ोस, रिश्तेदार। आरती का सिर घूम गया। कानों में सबकी हँसी और उपहास की आवाज़ें आ रही थीं। न जाने वह कब तक इस चक्रवात में घिरी रहती कि फोन की घण्टी से उनकी तन्द्रा भंग हुई। बेटे मानव की आवाज़ सुनकर वह स्वयं को नियंत्रण में न रख सकी। मानव का इतना भर पूछना था कि ''मम्मा, काम कैसा चल रहा है?,'' क्षणभर में ही दो महीने से आरती के मन में जमा दर्द लावे की

तरह बह गया, "बेटा, तुम्हारे पापा मुझे बहुत परेशान कर रहे हैं। घर की शांति की खातिर मुझे अपना काम बन्द करना पड़ेगा," कहकर आरती का गला रुँध गया।

यह सुनकर मानव दुःखी हो गया, मगर दृढ़ स्वर में बोला, "नहीं माँ, आप यह काम नहीं छोड़ेंगी। कम-से-कम ऐसी धमकियों से घबराकर तो नहीं। माँ, रिटायरमेण्ट आदमियों के लिए पीड़ादायक होता है, एक तरह का 'वीनिंग टाइम' यानी 'जबरदस्ती हटाने' जैसा! ऐसे में डिप्रेशन, नकारापन की फीलिंग आना स्वाभाविक है...।"

"मैं यह सब समझती हूँ, बेटा। इसीलिए तो दो महीने तक मैंने अपना काम कम रखा ताकि उन्हें अकेलापन महसूस न हो........।"

"आई नो मम्मा! यू आर क्वाइट कैपेबल! आपने अकेले बिजनेस, पापा और हमारी सब तरह की फरमाइशें, मेरी और नेहा की पढ़ाई, इमोशनल प्रॉब्लम्स! सबको आपने बखूबी हैण्डल किया है। मुश्किल समय तो निकल गया, अब काम छोड़ने का क्या मतलब? अब आप वह करिए जो आपका मन कहता हो– जिसे करने से आपको सन्तुष्टि मिलती हो। पापा ने भी तो रिटायरमेण्ट तक अपना काम किया न? बीच में तो नहीं छोड़ा, फिर आप बीच में कैसे छोड़ सकती हैं? आप खुद तय करेंगी कि आप कब तक और कितना काम कर सकती हैं। यह बात डैड को भी स्पष्ट कर दें।"

"तुम आ जाओ कुछ दिन के लिए?" आरती ने कातर स्वर में कहा।

"ओह श्योर! छुट्टी मिलते ही जरूर आऊँगा। मैंने आपको यह बताने के लिए फोन किया था कि निधि को कम्पनी वाले यू.एस.ए. भेज रहे हैं, अभी वह ट्रेनिंग के लिए बेंगलोर गई है..."

"तो तुम अपनी जॉब छोड़कर चले जाओगे क्या?"

"फिलहाल मैं अपनी जॉब छोड़ने के मूड में नहीं हूँ। पहले वह वहाँ सेटल हो जाये, उसे वहाँ जमेगा तब ही मैं वहाँ जाऊँगा। देखेंगे, बेस्ट ऑप्शन रखेंगे, या वह जॉब छोड़ेगी या मैं। रहेंगे तो साथ ही। लेट अस सी।"

मानव के सुलझे विचारों ने आरती के अन्दर भी एक नया आत्मविश्वास भर दिया। कहीं कोई ईगो का टकराव नहीं, कोई कड़वी शर्त नहीं। उस 'ऑप्शन' का चुनाव जो दोनों के लिए 'बेस्ट' हो।

क्या हम दोनों भी किसी 'बेस्ट ऑप्शन' यानी 'सर्वोत्तम हल' का चुनाव नहीं कर सकते?

इस प्रश्न ने आरती को एक झटके में उहापोह की स्थिति से उबार लिया। सारी धुंध छँट गई। आत्मविश्वास मानो पोर-पोर में प्रवाहित हो उसमें नयी ऊर्जा से भर रहा था। वह उठी और घर की ओर चल दी।

रास्तेभर आरती सोचती हुई आई थी कि शान्तिपूर्वक वह अपनी बात आनंद को समझाएगी। मगर घर में घुसते ही उसे परायेपन का अहसास हुआ। उसका इन्तज़ार किये बगैर आनंद खाना खा रहा था, गुस्से और खीझ की लकीरें उसके चेहरे पर स्पष्ट खिंची हुई थीं। आरती ने बात करने की पहल की तो आनंद दहाड़ा, "मैंने तुम्हें सुबह एक ऑप्शन दिया था। मुझे उसका उत्तर चाहिए– वह भी हाँ या न में।"

आरती का संयम एक बार फिर टूट गया। अब उसे लगा कि पैंतीस साल जिस रिश्ते को बनाये रखने में उसने मेहनत की, उसकी नींव तो भुरभुरी निकली। यदि अब इसे नहीं सँभाला तो यह इमारत ढह जायेगी। यह वक्त यह जताने का नहीं है कि मैंने इस रिश्ते, इस परिवार को सहेजने में कितनी मेहनत की है, न ही यह वक्त झुकने का है, यह तो आईना दिखाने का वक्त है।

दृढ़ स्वर में आरती बोली, "तो मेरा उत्तर भी स्पष्ट है, "मैं बिना वजह अपना काम नहीं छाड़ूँगी। जब तुम बिज़ी थे, "मैंने अपने आपको बिज़ी रखने का ज़रिया ढूँढ़ा। आज मैं बिज़ी हूँ, तुम अपने आपको बिज़ी रखने का ज़रिया ढूँढ़ो। मैं तुम्हारी तरक्की में हमेशा सहायक बनी तुम मेरी राह में रोड़े मत अटकाओ। मैंने दो साल तक के कमिटमेण्ट्स कर रखे हैं– वर्षों की मेहनत के बाद इस मुकाम पर पहुँची हूँ।"

"हाँ, वैसे एक सुझाव देती हूँ, तुम्हारा ईगो आड़े न आए तो मेरा ऑफिस ज्वाइन कर लो। दोनों दिनभर साथ भी रहेंगे और बढ़ा हुआ काम भी सँभल जायेगा। रही बात तुम्हारी घर छोड़ने की धमकी की, तो यह भी समझ लो कि न तुम कहीं जाओगे, न मैं काम छोड़ूँगी। रिटायरमेण्ट एक व्यक्ति का होता है–पूरे परिवार का नहीं। रिटायरमेण्ट में नौकरी छोड़ी जाती है– घर नहीं। जिसका रिटायरमेण्ट होता है उसे स्वयं ज़िन्दगी को जीने लायक बनाने की प्लानिंग करनी पड़ती है। अपनी ज़िन्दगी को रीस्ट्रक्चर करो–दूसरों की ज़िन्दगी में उथल-पुथल मत मचाओ। निर्णय तुम्हें लेना है। ऑप्शन खुला है। सुबह एक ऑफर तुमने

मुझे दिया था– काम या घर! अब मैं तुम्हें एक 'ऑफर' दे रही हूँ– काम या घर। सोच लो...।''

कहकर आरती जल्दी-जल्दी सोने की तैयारी करने लग गई। आनंद की नींद उड़ गई।

तनाव और देर से सोने की वजह से सुबह आरती की आँख देर से खुली। वह हड़बड़ाहट में तैयार होकर जैसे ही कार के अन्दर बैठने को हुई, ठिठक गई। बगलवाली सीट पर आनंद बैठा मुस्कुरा रहा था। आरती भी मुस्कुरा उठी, मानो कह रही हो, ''हाँ, यही बेस्ट ऑप्शन था।''

बेबी बाई

सँकरी गली के छोटे-से सीलनभरे मकान से छुटकारा पाकर हम नयी कॉलोनी के खुले-हवादार मकान में शिफ्ट हो गए थे। यह हमारा अपना मकान है। दो बेडरूम ऊपर, निचले तले पर एक ड्राइंगरूम, किचन, एक बेडरूम और उससे लगा एक छोटा-सा स्टोरनुमा कमरा, जिसका दरवाजा बेडरूम में खुलता है और एक छोटी रोशनदाननुमा खिड़की जो आँगन में खुलती है। एक बड़े प्लाट को काटकर चार मकान बनाये गये– दो आगे, दो पीछे, आँगन साझा– मगर छोटी दीवारें चढ़ाकर चार हिस्सों में बँटा हुआ। कॉलोनी अभी पूरी तरह बसी नहीं थी, इसलिए हम चारों परिवारों ने एक साथ ही शिफ्ट किया था ताकि एक-दूसरे का सहारा रहे।

मेरा परिवार इधर शिफ्ट होकर खुश था। माताजी सीढ़ियाँ नहीं चढ़ सकतीं इसलिए उनका बेड और जरूरत का सामान नीचेवाले बेडरूम में व्यवस्थित कर दिया, बगलवाला छोटा कमरा खाली छोड़ दिया ताकि उनकी देख-रेख के लिए बाई को वहाँ रखा जा सके। दोनों बेटियाँ ऊपर वाले एक कमरे को अपने लिए सजाने में जुट गईं, उनके बगल वाला कमरा मैंने अपने लिए व्यवस्थित कर लिया।

घर व्यवस्थित हो गया, बाकी सबकी दिनचर्या अपने ढर्रे पर आ गई। लड़कियाँ स्कूल और पति ऑफिस जाने लग गए। मगर मैं एक बहुत बड़ी समस्या से जूझ रही थी, और वह थी काम वाली बाई की। मैंने कॉलेज से पन्द्रह दिन की जो छुट्टी ली थी वह समाप्त होने पर थी। काम के बोझ से मैं हलकान हुई जा रही थी। कॉलोनी शहर से दूर थी इसलिए कोई बाई इधर आने को तैयार नहीं थी। माताजी डायबिटीज की मरीज जिनको हर थोड़ी देर बाद दवाई और कुछ खाने को चाहिए। मेरे जाने के बाद उन्हें कौन देखेगा? समस्या गम्भीर थी।

कॉलेज जाने का समय आ गया मगर मेरी समस्या ज्यों की त्यों थी। बहुत भटकी मैं। कोई हल न निकला। ऐसे में जब मेरी एक सह प्राध्यापिका ने एक बाई भेजने का आश्वासन दिया तो मैं आश्वस्त हुई और उत्सुक भी।

अगले दिन सुबह आठ बजे कॉलबेल बजी। मेरी बेटी ने दरवाजा खोला और वहीं से चिल्लाई, ''मम्मी....! बाई आई है, 'बेबी बाई'। मैंने तो बस बाई शब्द सुना तो किचन छोड़ दौड़ी हुई आई। सामने खड़े प्राणी को देख भौचक्की रह गई। ढाई फुट कद, पीठ पीछे गूमड़। विधाता की अनगढ़ कृति। शारीरिक अंगों का सही अनुपात मानो विधाता भूल-सा गया था। बड़ा-सा सिर, नन्हे-नन्हे हाथ-पाँव। इतनी भारी विकृतियाँ और विसंगतियाँ फिर भी चेहरे पर मासूम, निश्छल मुस्कान? इसी मुस्कान ने मेरा मन मोह लिया। घरवालों ने तो नाक-भौं सिकोड़े। मेरी सास ने उसे हिकारत से देखा और अपना निर्णय सुना दिया, ''यह ढाई फुट्टी नहीं चलेगी। पता नहीं कौन है, मेरा काम यह नहीं कर पाएगी।'' बेटियों का कहना था, ''मम्मी, यह खुद तो आधी है, काम क्या पूरा करेगी।'' पति महोदय तो वैसे ही हर एक का मजाक उड़ाने के मूड में रहते हैं, बोले, ''यह 'पेंगुइन' सरीखी घर में डोलती कैसी लगेगी?" लेकिन मैंने उन सबकी एक न चलने दी। इस मुसीबत की घड़ी में तो वह एक देवदूत-सी लग रही थी।

उसने अपना नाम सग्गो बताया मगर किसी ने भी उसका नाम याद रखने की ज़हमत नहीं उठाई। मेरी बेटियाँ उसे 'बेबी बाई' पुकारतीं, मेरे पति ने उसका नाम 'पेंगुइन' रख छोड़ा था। मेरी सास उसे हिकारत से 'गिलहरी' बुलातीं क्योंकि वह दिनभर फुदक-फुदककर सबकी जरूरतें पूरी करती। उसने जल्दी ही सारे घर का काम अच्छी तरह समझ लिया, किसी को भी शिकायत का अवसर नहीं मिला, फिर भी वह किसी का दिल नहीं जीत पाई। किसी को उस पर भरोसा नहीं था। मेरे पति और सास का यही मानना था कि वह मुझे लपेटे में ले रही है और किसी दिन चूना लगा जायेगी। लेकिन मेरा मन यह मानने को तैयार न था। मेरे घर का काम लाइन पर आ गया था। वह माताजी के बगल वाले कमरे में सोती थी और उनका दिन-रात खयाल रखती थी। वह मुझसे खुश थी और मैं उससे। कब उसने 'बाईसाब' छोड़कर मुझे 'मम्मीजी' कहना शुरू कर दिया, मुझे पता ही नहीं चला। कब मैंने उसे 'सग्गो' छोड़ 'मिनी' कहना शुरू कर दिया और उसे अपनी बेटियों के समकक्ष रख दिया मुझे पता ही नहीं चला।

मगर मेरी सास की उसके प्रति नफरत बढ़ती चली गई। वह मुझ पर निरन्तर दबाव डाल रही थीं कि मैं कोई ढंग की कामवाली ढूँढूँ। फिलहाल मैं इस मूड में नहीं थी क्योंकि मेरी और मिनी की ट्यूनिंग जम गई थी, और मेरी दिनचर्या बहुत दिन बाद पटरी पर आई थी।

लेकिन मैं गलतफहमी में थी। जिन्दगी की गाड़ी कभी पटरी पर सीधी चलती है क्या? झटके तो लगते ही हैं। मेरी दोनों बेटियाँ एक हफ्ते के लिए स्कूल की तरफ से पचमढ़ी घूमने गई थीं। उनके बिना घर में वीरानी-सी छा गई थी। मन बहुत उदास था। इसी दौरान परिवार में गमी हो गई और हम दोनों को अचानक दिल्ली जाना पड़ा। माताजी अधिक चल-फिर नहीं सकतीं, मजबूरन उन्हें घर छोड़ना पड़ा। माताजी मिनी के साथ अकेली रहने को कतई तैयार नहीं थीं, मगर मैंने उन्हें मना लिया।

तीसरे दिन जब हम सुबह वापिस इन्दौर अपने घर पहुँचे तो घर के बाहर भीड़ देखकर हमारे पाँव तले जमीन सरक गई। आटो रिक्शा रुका तो देखा पड़ोसी चिन्तित खड़े हैं, पुलिस भी खड़ी है। कैसी-कैसी शंकाएँ मन में उठीं बताना मुश्किल है। पुलिस घर के चारों तरफ घूम रही थी। बाहर वाले बरामदे में जमीन पर दो चाकू और एक पिस्टल पड़ी थी, पुलिसवाले अपनी कार्यवाही कर रहे थे। मुझे देखते ही माताजी ने नजरें चुरा लीं मगर मिनी कहीं नजर नहीं आ रही थी। मुझे काटो तो खून नहीं। सारा शरीर जड़ हो गया। कहीं माताजी ने मिनी को....।

मेरे पति ने घबराकर जब उन लोगों से पूछा तो बात कुछ और ही निकली। शर्माजी ने बताया कि कल रात यहाँ चोर आये थे। उनके पैरों की आवाज से मिनी की नींद खुल गई। उसने बहुत बहादुरी का परिचय दिया। उसने अपनी जान की भी परवाह नहीं की। रात के ढाई बज रहे थे मगर वह डरी नहीं। अपने कमरे की छोटी खिड़की से वह पीछे आँगन में कूद गई, वह तो नाटी है तो खिड़की से निकल गई वरना....। दूसरे, यह तो अच्छा था कि चोर सामने से आए—पीछे से नहीं। फिर मिनी ने दीवार फाँदी और हमको उठाया। हम सबने बिना समय गँवाए आपस में मोबाइल पर सम्पर्क किया और एक साथ, एक ही समय पर तीनों घरों की लाइटें जला दीं और 'पकड़ो-पकड़ो', 'चोर-चोर' की आवाजें लगाईं। हमें चिन्ता माताजी की थी जो यहाँ अकेली पड़ी थीं। खैर, आवाजें सुनकर हड़बड़ाहट में अपना यह सामान छोड़कर चोर भाग गये। यह सब चन्द मिनटों में ही हो गया, चोरों को तो घर के अन्दर घुसने का मौका ही नहीं मिला। जुनेजाजी ने भी

खूब फुर्ती दिखाई, इन्होंने फटाफट पुलिस चौकी फोन लगा दिया, पुलिस गश्त लगा रही थी, उन्होंने चोरों को धर दबोचा।" मैं और मेरे पति हतप्रभ होकर यह सब सुन रहे थे। सारा किस्सा चलचित्र की भाँति सुनाया जा रहा था। परन्तु जब मैंने मिनी के बारे में पूछा तो किसी ने जवाब नहीं दिया। सब चुप्पी साध गए और मेरे प्राण हलक में आ रहे थे।

आखिर में शर्माजी ही बोले कि मिनी को अस्पताल ले गए हैं। क्यों ले गए हैं? इसका कोई जवाब नहीं। मेरे शक की सुई माताजी पर जा रही थी क्योंकि माताजी ने अभी तक न तो एक भी शब्द बोला था और न ही वह हमसे नजरें मिला रही थीं। मिसेज शर्मा मेरे मन को ताड़ गईं। वह खुद ही बोलीं, "ऐसा है, माताजी को जरा गलतफहमी हो गई थी। उनकी अचानक आँख खुली तो उन्होंने मिनी को खिड़की से बाहर कूदते हुए देखा– उन्होंने समझा कि वह भाग गई। फिर जब बाहर खटर-पटर सुनी तो समझा मिनी चोरों के साथ मिली हुई है। यह डर रही थीं कि अगर चोर अन्दर आ गए तो इनका क्या हश्र होगा। चोरों के भागने के बाद मिनी जैसे ही हमारे लिए अन्दर से दरवाजा खोलने के लिए वापिस छोटी खिड़की से अन्दर कूदी– माताजी ने अपनी छड़ी से उसे पीट डाला। बाद में इन्हें जब सारा किस्सा पता चला तो...

मुझे एक ओर तो माताजी की इस हरकत पर बेहद गुस्सा आ रहा था, दूसरी ओर उन्हें सलामत देखकर प्रसन्नता हो रही थी। इतने में मिनी को सिर पर और बाजू पर पट्टी बाँधे जुनेजाजी की कार से उतरते देखा तो मन करुणा और श्रद्धा से भर गया। मैंने उसे आगे बढ़कर गले लगा लिया। पुलिसवालों ने जब यह बताया कि मिनी ने बहुत बहादुरी का काम किया है– इन लुटेरों के लिए तो सरकार की ओर से बीस हजार रुपये का इनाम भी घोषित है। मुझे अपने विश्वास पर फख्र हो रहा था। मेरी आँखों से अश्रुधारा बह निकली। मम्मीजी ने उसे सीने से लगा लिया– वह भी निरन्तर रो रही थीं और कह रही थीं, "इस ढाई फुट्टी का कद आज बहुत ऊँचा हो गया है, इसने मेरी जान और मेरे घर को बचा लिया।" मेरे पति मिनी के सिर पर हाथ रखकर मुझसे कह रहे थे, "आज से यह 'बेबी बाई' नहीं हमारी 'प्यारी बेबी' है।"

मिनी के चेहरे पर वही मासूम निश्छल मुस्कान थी।

निंबोलियाँ

जैसे ही रजनी तौलिया उठाकर स्नान गृह की ओर मुड़ी, डाकिये ने साइकिल की घण्टी बजाई। रजनी तुरंत बाहर आ गई। आज वह केवल एक पोस्टकार्ड लाया था। जैसे ही ख़त पर माँ के हाथ की लिखावट देखी, क्षणभर को दिल में प्रसन्नता की लहर दौड़ गई। परन्तु दूसरे ही क्षण खत का फटा कोना देखकर उसके शरीर में खून जम-सा गया। वह वहीं जमीन पर बैठ गई। ख़त पढ़ने की हिम्मत ही न हुई। दिमाग में अन्धड़-सा घुमड़ गया। मन ही मन सारे देवी-देवताओं को याद करके वह एक ही साँस में सारा पत्र पढ़ गई। माँ ने लिखा था, "बिट्टो, तेरे दद्दा नहीं रहे, तू उनकी चहेती थी इसलिए खबर कर रही हूँ।" हाँ, वैसे तो वह उसके चाचा थे पर रजनी बचपन से ही उन्हें दद्दा कहकर पुकारती थी। हालाँकि चाचा पिताजी से आठ वर्ष छोटे थे, पर परिस्थितियों की मार ने उन्हें समय से पूर्व ही बूढ़ा कर दिया था।

रजनी की आँखों में निरीह दद्दा की तस्वीर उभरकर आई। हृदय में पीड़ा-सी उठी, हाय! दद्दा समस्त पीड़ाओं से मुक्ति पा गए, समस्त विपदाओं से परे हो गए– यह सोचते ही दिल के एक कोने में शान्ति-सी व्याप्त गई। ठीक ही हुआ उन्हें भगवान ने अपने पास बुला लिया। यहाँ उनके रहने, न रहने से किसी को क्या फर्क पड़ रहा था। माँ ने आगे लिखा था कि दद्दा के बेटों ने दूसरे ही दिन उठावनी कर दी, किसी को ख़त-खबर भी न की। यह पढ़कर रजनी का मन आक्रोश से भर उठा, "अरे, किसी जानवर को भी कोई पालता है तो उसका ध्यान रखता है पर मरों, वह तो तुम्हारा बाप था।" रजनी का मन हुआ अपने चचेरे भाइयों को पीट डाले, "बाप की मौत का शोक भी न कर पाए। हट्टे-कट्टे जवान, अपने-अपने बीवी-बच्चों में ऐसे रमे कि बाप के किये-कराये को भूल ही गए। वाह री औलाद!" रजनी का मन खिन्नता से भर उठा।

माँ का पत्र मानो उँगली थामकर रजनी को बचपन के गलियारे में घसीटकर ले गया। माँ बताती थीं कि जब तीसरे बेटे को जन्म देते ही चाची चल बसीं तो चाचा पागलों की तरह रोए थे। बस एक ही रट लगाते, "बिन माँ के बच्चों को कौन पालेगा?" माँ और बाबूजी ने केवल सांत्वना ही नहीं दी थी वरन् जी-जान से चाचा की गृहस्थी की रेल चलाने में मदद की।

चाचा का घर रजनी के घर से दो घर की दूरी पर था। चाचा सुबह बच्चों को तैयार करके माँ के पास छोड़कर दफ्तर चले जाते। दिनभर अपने चार और चाचा के तीन बच्चों के साथ माँ जूझती रहतीं। संध्या समय चाचा उन्हें ले जाते। बीमारी-हारी में माँ भरपूर सेवा करतीं। सगे-संबंधियों, अड़ोस-पड़ोस वालों ने चाचा को बहुतेरा समझाया कि दूसरी शादी कर लो पर चाचा ने किसी की न मानी। जवाब में यही कहते, "ये तीनों पढ़-लिखकर अपने-अपने घर बसायें, इसी में मेरी खुशी है। तीनों बहुएँ सेवा करेंगी तो हम राम-नाम भजेंगे।"

चाचा की तो दुनिया ही घर तक सिमटकर रह गई। रात-दिन बस बेटों की सेवा में लगे रहते। माँ पर बहुत बड़ा बोझ आन पड़ा था, पर देवर का दुःख उनसे देखा न जाता था। माँ और चाचा थे भी हमउम्र। माँ पिताजी से डरती थीं, पर चाचा के साथ हँसी-ठिठोली चलती थी। चाचा तो बच्चों के प्रति माँ-बाप दोनों की जिम्मेदारी बखूबी निभा रहे थे, भाभी के साथ हँस-बोलकर दुःख-सुख बाँटकर हल्का महसूस करते थे। धीरे-धीरे पास-पड़ोस की आँखों में जो सहानुभूति का भाव था उस पर शक की पर्तें चढ़ने लग गईं। मुहल्ले में कानाफूसी होने लगी। उनकी फिकरेबाजी ने बाबूजी को गहरी चोट पहुँचाई। बाबूजी बहुत कम बोलते थे। उनके हर फरमान को माँ हरिइच्छा समझ सिर माथे लेती थीं। धीरे-धीरे चाचा का रजनी के घर आना बन्द हो गया। माँ बहुत दुःखी हुईं। पर पिताजी ने जो लक्ष्मणरेखा खींच दी, सो खींच दी। माँ चाचा से बात तो न करतीं पर उनकी हर परेशानी बिना कहे जान लेतीं और रजनी के द्वारा हल भी करवा देतीं। इसीलिए चाचा के लिए माँ देवी समान थीं। चाचा ने कभी मर्यादा का उल्लंघन नहीं किया। रिश्ते की गरिमा दोनों ओर से निभाई गई। पर समाज को कौन समझाए?

रजनी के दोनों बड़े भाई और दीदी चाचा के घर न जाते थे। उम्र में बड़े होने की वजह से सब समझते थे। पर रजनी उधर जाये बिना मानती ही नहीं थी। दद्दा का उसके प्रति विशेष लगाव देखकर शायद उसके

चचेरे भाइयों के मन में रजनी के प्रति ईर्ष्या उपजती गई। वैसे भी वह तीनों जैसे-जैसे बड़े होते गए, जिद्दी, असंयमी और क्रोधी होते गए। जब मौका मिलता वह रजनी को पीट डालते।

एक दिन तो उन्होंने हद ही कर डाली। माँ ने रजनी के हाथ चाचा के घर खीर भेजी। चाचा घर में न थे। तीनों भइयों ने रजनी की चोटी पकड़कर घुमा डाला, खीर नाली में फेंक दी और रजनी को खूब पीटा। साथ ही चिल्लाते जा रहे थे, "तुम और तुम्हारी माँ हमारे बाप को चंगुल में फँसा रही हो, ननकी मौसी ने हमें सब बताया है।" वह क्या कह रहे थे, इसका अर्थ वह किशोर बालक शायद स्वयं भी न जानते थे न ही रजनी के बाल मन ने समझा। पड़ोस में रहने वाली ननकी मौसी दूसरों के घरों में आग लगाकर हाथ सेंकती है– यह सब यह किशोर बालक कहाँ जानते थे? आग लगनी थी सो लग गई।

बेबस रजनी ने आकर पिताजी के सामने रोते-रोते ज्यों का त्यों कह डाला। माँ का तो सर्वांग ही काँप गया। पिताजी आगबबूला हो गए। उन्होंने पहली बार रजनी पर हाथ उठाया और साथ ही चाचा के घर जाने की सख्त मनाही कर दी। माँ और पिताजी में कई दिन तक बोल-चाल बन्द रही। रजनी को इस घटना का सिर-पैर तो समझ में न आया मगर उसका चाचा के घर जाना बन्द हो गया।

चाचा के तीनों बेटे छुट्टे बैल की तरह सारा दिन आवारागर्दी करते। चाचा पर वह हावी होते जा रहे थे। कोई इन्टर पास तो कोई दसवीं फेल रहा। चाचा निराश हो गए। हारकर उन्होंने तीनों को छोटे-छोटे धन्धों में लगा दिया। निम्न-मध्यम वर्ग की लड़कियाँ देखकर कम उम्र में ही तीनों बेटों का बारी-बारी से ब्याह रचा दिया।

उधर ब्याह तो रच गए मगर किसी भी शादी में रजनी के परिवार को नहीं बुलाया गया। माँ बहुओं की बलैंया लेने को तरसती रहीं, पिताजी अपमानित महसूस करते रहे। फिर भी दोनों को प्रसन्नता थी कि चाचा के घर खुशी आई है और अब वह गृहस्थी के झंझटों से छुटकारा पा जायेंगे।

परन्तु नियति को कुछ और ही मन्जूर था। बहुएँ गृहस्थी के कामों में उलझने के बजाय एक-दूसरे से उलझ पड़ीं। तीनों बहुएँ चाचा के घर में चण्डी का रूप बन के अवतरित हुईं। सारा दिन महाभारत होता। हर वर्ष बच्चे जनतीं। चाचा बेचारे की हालत बदतर हो गई। खर्चे का बोझ और गृहस्थी का झंझट भी उन्हीं के सिर पड़े। चाचा तो सारी जिन्दगी विधुर

होने का मूल्य चुकाते रहे। घर के अन्दर बेटे-बहुओं का आधिपत्य अंग्रेजों के साम्राज्य की तरह फैल रहा था, चाचा बहादुर शाह ज़फर की तरह निरीह होते जा रहे थे। घर के अन्दर उनकी उपस्थिति बहुओं को खलती। बाल-बच्चों के आने के बाद मकान छोटा पड़ने लग गया। चाचा का कमरा छिन गया। उनकी चारपाई आँगन के एक कोने में डाल दी गई। जब बच्चे खेलने लायक हुए तो आँगन में उनका बैठना बच्चों को खलने लगा। अब दद्दा अपनी चारपाई बाहर गली में नीम के पेड़ के नीचे ले आए। सुबह से शाम तक वहीं बैठे रहते। अब उनकी चारपाई रजनी के घर के सामने पड़ती थी। उनकी हालत देखकर रजनी की रुलाई फूटती। खिड़की से उन्हें ताकती पर कुछ न कर पाती। जब चारपाई पर पालथी मारे, ठुड्डी पर हाथ धरे दद्दा चुपचाप बैठे होते, रजनी उनकी उदास पनीली आँखों में देखने का साहस न कर पाती।

दद्दा की बहुएँ सिनेमा देखने की बहुत शौकीन थीं। वैसे बात-बात पर लड़तीं पर सिनेमा देखने इकट्ठी जातीं। एक दिन बच्चों को सुलाकर तीन बजे का शो देखने गईं। लड़के धन्धे पर गए हुए थे। चाचा नीम तले ऊँघ रहे थे। न जाने क्यों रजनी उस दिन अपने को रोक न पाई। उसने सोचा क्यों न दो घड़ी दद्दा से बात कर ली जाए। रजनी का विवाह तय हो गया था। अब मायके, विशेषकर दद्दा पर अधिक मोह उमड़ रहा था।

वह तेज कदमों से दद्दा के पास आई। उसने जैसे ही दद्दा की आँखों से उनका हाथ उठाया, दद्दा का हाथ तवे की तरह तप रहा था। चेहरा अंगार की तरह भभक रहा था। रजनी चीख पड़ी। दौड़कर माँ को बुला लाई। माँ भी घबरा गई और जल्दी से डॉक्टर को बुलाने को चिल्लाई। इतने में रजनी के पिताजी भी आ गए। दद्दा की हालत देख कर स्वयं डॉक्टर को बुला लाये। डॉक्टर ने इंजेक्शन देकर दवाइयाँ लिख दीं। इतने में ही तीनों बहुएँ हँसती-बतियाती गली में दाखिल हुईं।

उन्हें देखते ही बाबूजी गरज पड़े, "सारे घर का जो मालिक है उसे तुमने गली में फेंक दिया है? क्या घर के अन्दर दो फुट जगह भी नहीं है इस गरीब के लिए? कोई शरम-लिहाज है तुमको? सारी जिन्दगी बरबाद कर दी इस बेचारे ने तुम लोगों के लिए, आज तुम इसकी शकल देखना भी पसन्द नहीं करते। उस पर बेहयाई तो देखो, बच्चों को इसके जिम्मे पटककर सैर-सपाटे पर निकली हैं महारानियाँ।" बाबूजी कड़ककर बोले, "अब इसकी जिम्मेदारी लोगी या मैं इसे अपने घर ले जाऊँ।" बहुएँ कुछ

न बोलीं। दद्दा को उन्हीं के घर के भीतर ले जाया गया। रात को तीनों भाई फुफकारते हुए रजनी के घर आए और माँ-बेटी पर उल्टे-सीधे लांछन लगाने लग गए। रजनी पानी-पानी हो गई क्योंकि आज वह इन ओछे शब्दों का अर्थ समझती थी। चाचा तो दो हफ्ते बाद ठीक हो गए पर रजनी सहज न हो पाई।

दो माह बाद रजनी का विवाह हो गया। जब वह दुल्हन बनी बारात का इन्तज़ार कर रही थी, चाचा आए। अश्रुपूरित नेत्रों से आशीर्वाद दिया, चुपके से उसकी मुट्ठी में चाची के कान के झुमके रख गए और कह गए कि किसी को भनक भी न लगे। आज भी रजनी के बक्से में झुमके सुरक्षित रखे हैं। यह सब सोचते-सोचते रजनी के नेत्रों से गंगा-जमुना बह निकलीं। दद्दा के प्रति प्रेम और उनके परिवार के प्रति आक्रोश दोनों बह रहे थे। यही उसकी प्रेमपूर्ण श्रद्धांजलि थी अपने प्यारे दद्दा के प्रति।

अपने हाथ में ख़त देखकर जैसे वह स्वप्न से जागी हो। आज दद्दा की मौत की खबर उसे कई वर्ष पीछे ले गई थी। वह भारी मन से उठी स्नान गृह जाने के लिए पर आँगन में बिखरी निंबोलियों को देखकर ठिठक गई– सच में दद्दा का परिवार फलीभूत तो हुआ पर उसका फल कड़वा निकला– निंबोलयों की तरह।

ऐसा भी हो सकता है

जैसे-जैसे चुनाव की तारीख नज़दीक आ रही थी, समस्त आई.ए.एस. अधिकारियों की नींद उड़ी जा रही थी। अधिकारी शहर की व्यवस्था चौकस करने में जुट गए थे। इमरजेन्सी मीटिंग्स, इधर विज़िट, उधर विज़िट करते-करते दिन कहाँ निकल जाता पता ही नहीं चल रहा था। समस्त अधिकारियों की जान आफत में थी। एक चूक हुई नहीं कि मीडिया उछाल देगा और मुख्यमंत्री के कोप का भाजन बनना पड़ेगा। शुभा भी एक जिम्मेदार आई.ए.एस. ऑफिसर की तरह गृहस्थी की चिंताओं को दरकिनार कर दिनभर एक-एक व्यवस्था का बारीकी से निरीक्षण करती रही। रात नौ बजे जब वह घर पहुँची तो थककर चूर हो चुकी थी।

घर पहुँचते ही वह आँखें बन्द करके आरामकुर्सी पर निढाल पड़ गई। उठने की हिम्मत नहीं हो रही थी। आँखें मूँदे सोच रही थी, पता नहीं उनकी बहू निशा ऑफिस से लौटी है या नहीं। वह बेचारी भी सुबह आठ बजे घर से निकल जाती है, रात नौ बजे थकी-थकाई लौटती है। बड़ी-बड़ी कंपनियाँ तो खून ही चूस लेती हैं। इधर हमारा प्रशासन तंत्र ...... क्या कहें? एक हमारे साहबज़ादे हैं– विक्की। जिन्हें किसी की परेशानी, सुख-दुख से कोई मतलब नहीं है। सुबह देर तक सोना, हल्की-फुल्की नौकरी करके शाम को मटरगश्ती करना, रात को नाइट क्लब्स, ड्रिंक पार्टियाँ बस। मेरी तो इज्जत का कचरा ही कर दिया है।

'मम्मीजी कॉफी' की मीठी मधुर आवाज से उनके विचारों की शृंखला भंग हुई। निशा के हाथ की बनी कॉफी पीकर उनकी थकान दूर हो जाती है। उनके दिल से बहू के लिए ढेरों आशीर्वाद निकल रहे थे। सच में निशा ने बेटी की कमी पूरी कर दी थी।

थकान उतारने की गरज से शुभा नहाने चली गई। इतने में निशा ने खाना लगवा दिया, मगर विक्की को खाने पर न देखकर उन्हें झटका सा लगा। आज एक हफ्ता हो गया है उन्होंने विक्की की शक्ल नहीं देखी। माँ

के सामने पड़ने से वह हमेशा कतराता है। वह जानती है कि विक्की हमेशा माँ से नाराज रहता है। बचपन से उसके मन में बैठ गया है कि माँ ने उसे उसके पिता से अलग कर दिया– शायद इस बात के लिए वह कभी अपनी माँ को माफ नहीं करेगा। उसे पिता से बेहद जुड़ाव था– यह शुभा भी जानती थी, मगर पिता से दूर उन्होंने विक्की की भलाई के लिए ही तो किया था। शुभा सारी जिन्दगी इसी बात का इन्तजार करती रही कि शायद विक्की बड़ा होकर यह बात समझ जायेगा– मगर ऐसा नहीं हुआ। यही सब सोचते-सोचते शुभा की आँख लग गई।

दूसरे दिन जब वह ऑफिस के लिए निकलने वाली थी कि फोन की घण्टी बजी। थाने से फोन था। थानेदार ने दबी जबान में बताया कि रात को 'मून लाइट' होटल से विक्की बाबा को पकड़ा है– वह होश में नहीं है। थानेदार ने डर के मारे विस्तार से नहीं बताया– पर शुभा सारी बात समझ गई। शर्म के मारे वह जमीन में गड़ी जा रही थी। पूरे शहर में बच्चा-बच्चा उनकी इज्ज़त करता है और यह साहबज़ादे इज्ज़त की धज्जियाँ उड़ाने में कोई कोर-कसर नहीं छोड़ रहे। जब निशा ने उसको बताया कि विक्की एक हफ्ते से घर नहीं आया तो उनके होश ही उड़ गये। वह गुस्से से पागल हो, चिल्ला रही थी, पर निशा चुपचाप आँसू बहा रही थी। बहू के शान्त स्वभाव के कारण ही उन्हें बहू पर प्रेम उमड़ता और बेटे पर क्रोध आता।

अपनी और बहू निशा के जीवन की समानता देख कभी-कभी वह हैरान रह जाती। जो बर्बरता मनोज ने उनके साथ की, ठीक वही क्रूरता विक्की दिखा रहा था। दोनों के वैवाहिक जीवन की शुरुआत एक-सी ही हुई। जैसे विक्की और निशा एम.बी.ए. कोचिंग एक साथ ले रहे थे– वह और मनोज आई.ए.एस. की तैयारी एक साथ कर रहे थे। निशा की तरह वह भी समस्त परीक्षाएँ उत्तीर्ण कर गई– मनोज की तरह विक्की भी पिछड़ गया। बस, यहीं से वैवाहिक जीवन में दरार पड़ गई। दोनों के बीच ऐसी खाई खुद गई कि शुभा की लाख कोशिशों के बावजूद वो पट न पाई। मनोज ने उसका जीवन दूभर कर दिया। मनोज ने वह प्रत्येक काम किया जिससे पत्नी के नाम पर धब्बा लगे। एक अजीब 'सैडिस्टिक प्लैज़र'– एक वहशी सुख उसे मिलता था। वह कभी भी मनोज को तलाक न देती यदि उस दिन देरी से घर आने पर मनोज ने शुभा को थप्पड़ न मारा होता तथा आधारहीन लांछन न लगाये होते। चार वर्ष के विक्की को गोद में उठाकर

वह चुपचाप सरकारी आवास में चली आई। आज भी मनोज की हिकारत भरी आवाज और झन्नाटेदार थप्पड़ को वह नहीं भूली थी। लेकिन आज विक्की ने जो किया वह उस थप्पड़ की चोट से कम न था। आह! अतीत अपने को दोहरा रहा है? बचपन से आज तक एड़ी-चोटी का जोर लगा दिया विक्की को एक अच्छा इंसान बनाने में ताकि वह पिता के नक्शे-कदम पर न चले। नौकर, ड्राइवर, अर्दली सबको सख्त हिदायत थी कि विक्की बाबा को आवांछित लाड़ प्यार न दें। पर शायद 'जीन्स' बहुत प्रबल होते हैं, या शायद पुरुष पीढ़ी-दर-पीढ़ी एक-सा रहता है?

शुभा न जाने कब तक विचारों के मकड़जाल में फँसी रहती यदि थाने से दुबारा फोन न आता। शुभा ने ड्राइवर से तुरंत गाड़ी निकालने को कहा और थाने पहुँच गई। विक्की को वहाँ से छुड़वाया और उसे घर छोड़कर अपने ऑफिस चली गई। रास्ते भर विक्की से एक भी शब्द बोलने को उनका मन न हुआ। उन्हें अपनी परवरिश में ही खोट नजर आने लगी।

कहने को तो दिन भर वह फाइलों से जूझती रही, मगर दिल दिमाग पर अवसाद की छाया गहराती रही! रोज की तरह रात को 9 बजे घर पहुँची, घर में मरघट-सी चुप्पी पसरी हुई थी। विक्की शायद अपने कमरे में था। निशा ड्राइंगरूम में सोफे पर औंधी पड़ी हुई थी। वह चुपचाप अपने कमरे में गई। नहाकर बिना कुछ खाये-पिये, नींद की गोली खाकर सो गई। उस रात न किसी ने खाना खाया, न किसी ने बात की। यह चुप्पी किसी आने वाले तूफान का संकेत दे रही थी।

रात के दो बजे निशा और विक्की में जमकर झगड़ा हुआ। निशा के सब्र का बाँध टूट गया था, इसलिए जलजला तो आना ही था। नींद की गोली की बेहोशी में शुभा को गड्डमड्ड स्वर तो सुनाई दे रहे थे, मगर उन की नींद टूट नहीं रही थी। कुछ क्षण पश्चात् अचानक निशा की कर्णभेदी चीख से वह झटके से उठ बैठी। मोबाइल में टाइम देखा रात के ढाई बज रहे थे, कुछ क्षण में ही समझ गई कि चीख निशा की है, वह विक्की के कमरे की ओर लपकी। सामने का दृश्य देखकर स्तब्ध रह गई। विक्की निशा पर रिवॉल्वर ताने खड़ा था और निशा थर-थर काँप रही थी। स्थिति समझते उन्हें देर नहीं लगी। आनन-फानन में उन्होंने पास पड़ा फूलदान उठाया और विक्की के हाथ पर दे मारा। निशाना सही लगा। रिवॉल्वर गिर गई। विक्की स्तब्ध रह गया। वह खींचकर निशा को अपने कमरे में ले आई। वह रोती जा रही थी और एक ही बात दोहराती जा रही थी, "मैं

नौकरी छोड़ दूँगी, यही लड़ाई की जड़ है।" शुभा ने निशा को शान्त कराया और नींद की गोली देकर सुला दिया।

मगर उनकी आँखों से नींद कोसों दूर थी। वह रोज-रोज की चख-चख से तंग आ गई थी, आज विक्की ने हद ही पार कर दी। अब इस का स्थायी हल निकालना ज़रूरी हो गया है। निशा की बात सुनकर वह सोच में पड़ गई। "यह लड़की बहुत भोली है। यह नहीं जानती कि विक्की रौब भी झाड़ेगा– इसे नौकरी भी नहीं छोड़ने देगा। है तो अपने बाप का ही बेटा। वह अपने बेटे को अच्छी तरह जानती है। शादी के कुछ दिन बाद ही शुभा ने विक्की को अपने दोस्तों के सामने कहते हुए सुना था। मैंने तो भई बड़ा हाथ मारा है, चालीस हजार पैकेज वाली लड़की– उस पर अमीर बाप की इकलौती संतान, हमारे सितारे देखो कितने बुलन्द हैं, शादी से दो महीने पहले ही हमारे पूजनीय सास-ससुर एक्सीडेंट में परलोक सिधार गए। है न हमारी दसों उँगलियाँ घी में और सिर कढ़ाई में?" सारे दोस्त ठठाकर हँस रहे थे– "यार तू तो पूरा का पूरा घी में तैर रहा है।"

उनकी हँसी शुभा के कानों में सीसे की तरह चुभ रही थी। उस दिन से शुभा का निशा के प्रति दुलार बढ़ता गया था और साथ ही अपराध भाव भी, कि उनका दुष्ट बेटा इस नादान लड़की को फुसलाकर छल रहा है। वह जानती थी कि निशा के मायके में कोई सहारा देने वाला नहीं है इसलिए वह अपने लिए कोई ठोस निर्णय न ले पाएगी। मरते वक्त निशा के माता-पिता उनसे वचन लेकर गए थे कि वह निशा का बेटी की तरह खयाल रखेंगी। अब वक्त आ गया है। मुझे ही कुछ करना होगा।

अगले दिन वह दिनभर व्यस्त रही। निशा ऑफ़िस नहीं गई, विक्की अपने कमरे में बैठा शराब पीता रहा और सोता रहा। शाम को शुभा लौटी तो एक कठिन निर्णय के साथ। उन्होंने आते ही नौकरों को बाहर भेज दिया, निशा और विक्की को ड्राइंगरूम में बुलाया। बिना दोनों की राय माँगे निर्णय सुना दिया। "विक्की, जो रिश्ते हम निभा न पाएँ, जिन्हें हम तकलीफदेह बनाते चले जायें, उन्हें बदल देना अच्छा होता है। तुम्हारी जिन्दगी में केवल दो ही रिश्ते हैं माँ और पत्नी– तुमने दोनों ही रिश्तों की कद्र नहीं की। माँ तो इस रिश्ते से जीते जी मुक्त नहीं हो सकती। पत्नी क्यों इसका बोझ ढोये। अब वक्त आ गया है– ठोस निर्णय लेने का। रिश्ते बदलने का। तुम इस भोली और काबिल लड़की के लायक नहीं हो। यह लो तलाक के कागज। मैंने निशा के लिए अलग घर की व्यवस्था कर दी

है। तुम दोनों एक-दूसरे को तलाक दो, उसके बाद मैं निशा को एडॉप्ट कर लूँगी। इसकी माँ बन किसी योग्य वर के साथ इसकी शादी करवा दूँगी। इसने हमेशा मुझे बेटी का प्यार दिया है, माँ अपनी बेटी को भँवर में तो नहीं छोड़ सकती।''

माँ की बात सुनकर दोनों सन्न रह गये, विक्की के मुँह से बस इतना ही निकला– 'माँ क्या ऐसा भी कहीं होता है?"

"हाँ, ऐसा भी हो सकता है," कहकर शुभा उठ गई। विक्की हतप्रभ बैठा रहा– उसी प्रकार जैसे गाड़ी छूट जाने पर यात्री प्लेटफार्म पर स्तम्भित खड़ा रह जाता है।

बस इतनी-सी बात है

आज तुमने मुझे सपने में आकर बर्थ-डे विश किया। ओह, थैंक्यू आकाश। तुमने अपना नियम नहीं तोड़ा। पिछले साल भी लाल कांजीवरम् की साड़ी मेरे इर्द-गिर्द लपेटकर तुम कितनी देर तक नाचते रहे और दिनभर गुनगुनाते रहे, "ज़िंदगी इक सफर है सुहाना, यहाँ कल क्या हो किसने जाना।" क्या तुम्हें ज्ञात हो गया था? मैं नहीं समझ पाई थी। काश! मैंने समझ लिया होता......

तुम ज़िंदादिल इंसान थे। खुशी का कोई मौका नहीं छोड़ते थे। तुम्हारे साथ तीस साल कैसे बीत गए, पता ही नहीं चला। हर गम को तुमने झटक दिया, हर खुशी को गले लगा लिया। मैं इस गलतफहमी में रही कि मैं भी तुम्हारे रंग में रंग कर बेहद ज़िंदादिल और खुशमिज़ाज़ हो गई हूँ।

आकाश, आज आकर देखो, मैं कितनी कमज़ोर हो गई हूँ। कितना सूनापन और खालीपन भर गया है मेरे अंदर। जीवन की गति थम गई है। खुशियों पर पूर्णविराम-सा लग गया है। खुश होने की कोई वजह ही नहीं दिखाई देती।

मेरे लिए खुशियाँ दो वर्ष पहले भी खत्म हो गई थीं जब हमारे इकलौते बेटे गगन ने, मुंबई में अपनी मर्ज़ी से शादी कर ली थी। कितना रोई थी मैं उस दिन। ऐसा महसूस हुआ था कि हमारे सारे ख्वाब राख हो गए हैं। हमारी अपनी संतान ने हमारे मुँह पर चपत लगा दी है। सारी रात मैं तुम्हारी बाँहों में पड़ी रोती रही थी। तुमने मुझे हिम्मत और ज़िंदादिली से सँभाल लिया था। मुझसे वादा लिया था कि हम एक-दूसरे के साथ ही खुशियाँ मनाएँगे। मगर तुम मुझे दगा देकर चले गए। अकेले खुशियाँ कैसे मनाऊँ?

हाँ अकेली ही तो हूँ! गगन और हमारे बीच जो दूरी आ गई थी, वह बढ़ती ही जा रही है। गगन जानता था, कि रीता हमारी पसंद की बहू नहीं है। उसे आभास था कि हम रीता को बहू के रूप में स्वीकार नहीं करेंगे।

इसीलिए उसने हमें बिना बताए शादी कर ली थी। हम कितने आहत हुए, शायद उसे अंदाज़ा ही नहीं था। जिस बच्चे पर हमने अपना सब कुछ न्यौछावर कर दिया, जिसे हमने अनमोल हीरे की तरह सँभालकर रखा, उसी ने हमसे किनारा कर लिया। इस लड़की ने ऐसी छड़ी फिराई, कि हमारे बर्थ-डे और एनीवर्सरी पर विश करने की इज़ाज़त तक नहीं थी गगन को।

आरती शायद अतीत की यादों के घेरे मे ही डूबती-उतरती रहती कि 'कॉलबेल' की आवाज से उसकी तंद्रा भंग हुई। उसे अहसास हुआ कि वह अपने बेटे गगन के घर मुंबई में है। पापा की मृत्यु पर जब गगन इंदौर आया, तब उसे साथ ले आया था। यहाँ आने की न तो आरती की मर्ज़ी थी और न ही रीता की, उसे लाने की। शायद लोकलाज दोनों के आड़े आ गई।

यहाँ आकर भी आरती अकेलेपन की अनुभूति से उबर नहीं पा रही थी। गगन और रीता दोनों नौकरी करते थे। सुबह आठ बजे घर से निकलते, रात आठ बजे घर लौटते। छुट्टी या इतवार के दिन रीता, गगन को अपने कामों में उलझाए रखती। दोनों के पास उसका सुख-दुःख समझने का समय ही न था। आरती को महसूस होने लग गया था कि वह यहाँ फिजूल ही आई है। हर वक्त मन अवसाद से भरा रहता। आकाश और अधिक शिद्दत से याद आता।

वैसे तो वह रोज़ ही बेचैन रहती मगर कल से मन बहुत खिन्न था। उसका मन कह रहा था, रीता और गगन आज तो उसे अवश्य विश करने आएँगे। दूर की बात और होती हैं, आज तो वह उनके ही घर में बैठी है। रीता चाहे न समझे, पर क्या गगन भूल गया होगा कि हमारे घर में तीनों के बर्थ-डे और हमारी एनीवर्सरी खूब धूमधाम से मनाई जाती रही है। वह जानबूझकर कमरे से बाहर नहीं निकली और आस लगाए अंदर ही बैठी रही।

इतने में रीता की तल्ख आवाज़ आई, "माँ, आज आँख देर से खुली. ...आप अपना खाना-नाश्ता खुद बना लेना। हम कैंटीन में खा लेंगे।"... धड़ाक से दरवाजा बंद हुआ और सारे घर में नीरवता पसर गई। आरती हतप्रभ रह गई और आहत भी हुई।

वह सारा दिन इसी भुलावे में रही कि सुबह दोनों हड़बड़ी में चले गए हैं, ऑफिस से आकर उसे विश करेंगे। इधर इंतज़ार बढ़ता जा रहा था,

उधर आक्रोश अपनी चरम सीमा पर आ रहा था, उसे विश्वास ही नहीं हो रहा था कि उसका अपना बच्चा उसका बर्थ-डे भूल जाएगा। वह बिलख-बिलखकर बच्चों की तरह रोती जा रही थी। आज उसे गुस्सा आ रहा था आकाश पर, जो उसे अकेला छोड़कर चला गया। गगन-रीता पर, जिनके लिए वह घर में फालतू मेहमान की तरह पड़ी है। सबसे ज्यादा अपने पर, कि वह यहाँ आई ही क्यों?

दिनभर इन्हीं बातों को दोहराते-दोहराते उसका दिमाग थक के चूर हो गया। शाम तक उसके अंदर कुछ सोचने की शक्ति ही नहीं बची थी। उसने टीवी चलाया, उस पर कोई स्वामीजी प्रवचन दे रहे थे। वह अपना ध्यान उधर लगाने की कोशिश करने लगी। स्वामीजी कह रहे थे, "हर वक्त दूसरों से अपेक्षा मत रखो। दूसरों को खुशी प्रदान करने की भी सोचो। लेने से कहीं अधिक आनंद देने में आता है। दूसरों द्वारा दी गई खुशियाँ उधार की होती हैं। सच्चा आनंद अपने भीतर महसूस करो। आगे बढ़कर प्यार बाँटो। किनारे खड़े रहोगे तो लहरों का आलिंगन कैसे पाओगे...।" स्वामीजी आधे घंटे तक धाराप्रवाह बोलते रहे। उनका एक-एक शब्द आरती के सोच पर पड़ी काई को खुरचता जा रहा था। मन पर छाई धुंध छँटती जा रही थी। इससे पूर्व उसने कभी न जाना था कि किसी महापुरुष के शब्दों में इतना जादू होता है कि पलभर में सुनने वाले के सोच की दिशा ही परिवर्तित कर दे। आरती को अपनी बचकानी सोच पर शर्मिंदगी हो रही थी। उसने सारा दिन कुढ़न में और व्यर्थ की उम्मीदों में ही ज़ाया किया।

आरती ने अपने आपसे वादा किया कि आज मुझे ही आगे बढ़कर ममताभरी बाँहें फैलानी हैं। मैं गगन को आकाश के स्थान पर रखने की भूल नहीं करूँगी। पति देने का कर्तव्य निभाता है– पुत्र तो पाने का अधिकारी है। यह सब सोचते-सोचते आरती का मन हल्का हो गया। उसने मन ही मन फैसला किया। उठी, नहा-धोकर आकाश की दी हुई साड़ी पहनकर उसी तरह तैयार हुई, जैसे आकाश के सामने हुआ करती थी। शॉपिंग माल गई। अपने और रीता के लिए साड़ी खरीदी। गगन के लिए शर्ट खरीदा। केक खरीदा। डिनर की होम डिलिवरी के लिए बुकिंग करवाई और वापस आ गई।

घर आकर सारी चीजें टेबल पर सजा दीं। दीवार पर टँगी आकाश की तस्वीर देख बोली, "देखा आकाश, आज मैं अपने परिवार के साथ बथ-डे मनाने जा रही हूँ।" अभी तुम्हारे बेटा-बहू आते होंगे। तुमसे वादा

करती हूँ आज के बाद मैं तुम्हें रोकर नहीं, खुशी-खुशी याद करूँगी। उसी तरह बाकी ज़िंदगी बिताऊँगी, जैसे तुम्हारे साथ बिताती थी, क्योंकि मैं जानती हूँ कि तुम हमेशा मेरे साथ हो।"

आरती ने आकाश की तस्वीर दीवार से उतारी और मेज पर केक के पास रख दी। उसे आभास हुआ मानो आकाश ने कहा, "बस इतनी-सी तो बात है...।"

बसंती

बसंती ने जैसे ही करवट बदली, दर्द के मारे उसकी चीख निकल गई। जोड़-जोड़ दर्द कर रहा था। उनींदी-सी हालत में उसे पहले तो समझ ही नहीं आया कि कहाँ पड़ी है। यकायक याद आया कि आज सबेरे ही उसके मर्द ने कित्ती... मार लगाई थी। याद करते ही रुलाई फूट पड़ी। नफरत और गुस्से के मारे पट-पट. जुबान से भद्‌दी गालियाँ फिसलने लग गईं, "नासपीटे ने ऐसे लात-घूँसे मारे कि हाड़ ही तोड़ डाले। बड़ा मरद बना फिरता है। ससुरे, तेरे खीसे में फाके थे तो मुझे क्यों लात जमाई। शराबी, सारे पैसे शराब में उड़ा देवे, चार पैसे माँगो तो दीदे दिखाए।" गुस्से के मारे बसंती के मुँह से झाग-सा निकलने लगा। उसने गरदन उठाई और पिच्च से धरती पर थूक दिया। किसी करवट चैन नहीं मिल रहा था।

टूटे झोंपड़े में, बदबू मारती कथरी पर पड़ी बसंती आज अपने भाग्य को कोस रही है। "जाने कैसी कलम से भगवान ने किस्मत लिखी है। न पहले आदमी ने सुख दिया और न यह दे रहा है। वाह री मर्द जात। चित भी तुम्हारी और पट भी तुम्हारी। जूते मारो, लात मारो, हम तो तुम्हारी सरन में पड़े हैं। गरीब की लुगाई – सारा दिन जुतेगी और रात में पिटेगी। वाह रे प्रभु! किसी अच्छे घर में जनम लिया होता तो न चार घरों की जूठन साफ कर रही होती और न तेरे जूते खाती।" शरीर और मन की पीड़ा बरसाती नदी की तरह आँखों के रास्ते बही जा रही थी। आज बसंती का शरीर ही नहीं टूटा था, मन का शीशा भी टुकड़े-टुकड़े हो गया था, जिसकी किरिचें बार-बार कलेजे को चुभ रही थी।

अकेलापन बसंती को खाए जा रहा था। आदमी तो अपना गुस्सा उतारकर घर से चला गया। दोनों बच्चे मुहल्ले में ही कहीं खेल रहे होंगे। बाप का वहशी रूप देखकर वह भी सहम गए थे। आदमी पर आज उसे इतना गुस्सा आ रहा था कि सामने होता तो वह छड़ी उठाकर उसे पीट ही डालती। "वाह रे! सारी दुनिया त्योहार पर खर्चा करती है। त्योहार और

वह भी दीवाली का। घर-आँगन लिपा-पुता न हो। तन पर नया गहना न सही नया कपड़ा तो हो। रोज तो रूखी-सूखी खा लो, त्योहार पर तो पकवान हों। नासपीटा कहता है, "दारू बिन दीवाली कैसे?" यह सब सोचते ही बसंती के पेट में जैसे एक गुबार-सा उठा, जो उस के दिल और दिमाग को हिला गया। "आज आ तो सही तू घर में। तेरी दारू की बोतल तेरे सिर पर न दे मारी तो मेरा नाम बसंती नहीं।" गुस्से से पागल बसंती ने सचमुच ही अपना हाथ उठा लिया, लेकिन दूसरे ही पल मानो विवेक जाग उठा। अर्ध चेतन अवस्था से वह चेतन अवस्था में लौट आई। "यह क्या सोच रही हूँ मैं? आदमी जिनावर हो गया तो क्या मैं भी जिनावर हो गई? मेरी मति ही फिर गई। एक मर्द खो दिया मैंने। उसकी शराब और मेरा गुस्सा– लील गए मेरे पहले मर्द शंकर और मेरे जिगर के टुकड़े मंगलू को। उस माटी मिले ने भी तो दीवाली की सुबह ही झगड़ा किया था। मेरा कसूर क्या था? बस नयी साड़ी और चूड़ी-सिन्दूर खरीदने के वास्ते पैसे ही तो माँगे थे। करम जले ने तड़ाक से चाँटा रसीद कर दिया था। मैंनें भी खूब जुबान चलाई। गुस्से में पैर पटकता मजूरी के वास्ते घर से निकल गया था। जाते-जाते चिल्लाकर दहाड़ा था– "संजा को मजूरी लाऊँगा तो खरीद लियो पटाखे-मिठाई।"

"पर संजा को मैं राह तकती रही। सभी झोंपड़ों में दीये-मोमबत्ती जगमगाए, पूजा भी हो गई, भरपेट खाना भी हो गया। हम माँ-बेटा सूनी देहरी पर बैठे थे। मेरा मंगलू रोता जा रहा था, "मेरा बापू नहीं आया, पटाखे दे मुझे, अच्छा-अच्छा खाना दे, जैसा सब लोग खा रहे हैं।" तब कटोरदान से सुबह की रखी रोटी पकड़ाई, तो उसने कटोरदान और रोटी उठाकर फेंक दी। मैं भी भरी बैठी थी। ऐसा ताव आया कि मंगलू को घूँसे, थप्पड़ों से बेहाल कर दिया। इत्ते में शंकर आ गया था। वह दारू चढ़ाकर आया था। मंगलू को पिटते देखकर वह भड़क गया था। नशेड़ी का गुस्सा, सँभाले न सँभले। उसने पीटा था मुझे। खाली पेट, उस पर गुस्सा, तिस पर पिटाई। मेरा तो दिमाग फिर गया था। तभी तो बिना कुछ बोले रिक्शा पकड़ माँ के घर पहुँच गई थी।

"सोच-सोचकर बसंती की छाती में मरोड़ें उठ रही थीं। बसंती को आज भी याद है जब रोते-रोते माँ के घर पहुँची थी, तब माँ ने धीरज बँधाया, खाना खिलाया और बहुतेरा समझाया, "बसंती घर चली जा। त्योहार के दिन इकल्ले पड़े होंगे बाप-बेटा। नशा उतर जावेगा तो सीधे रास्ते आ

जावेगा।" पर बसंती ने एक न मानी वह तो यही सोचती रही, "नशा उतरेगा तो अपने आप लिवाने आयेगा, वह ऐसे ही घर नहीं जाएगी। पहले मान-मनौव्वल कराएगी, तब बिदा होगी यहाँ से।''

मगर बसंती को क्या मालूम था कि अमावस की काली स्याही उस के भाग्य पर पुत रही है। वह तो अगली सुबह पड़ोस के दीनू काका चीखते-चिल्लाते हुए आए, "अरी ओ बसंती, तेरा मरद और बिटवा जलकर मर गए री...।" सुनते ही बसंती बावली हो भागी थी। उस दृश्य को याद करके आज भी बसंती सिहर उठती है। झोंपड़ा धुएँ से भरा हुआ था। झोंपड़े के बीचों-बीच चारपाई पर शंकर, मंगलू को छाती से चिपटाए अधजले गद्दे पर, अधजली रजाई ओढ़े मरा पड़ा था। बाहर पुलिस खड़ी थी। दोनों लाशों को जाँच के लिए ले गए। जहाँ यह पता चला कि धुएँ से दम घुटने के कारण दोनों की मौत हो गई। बसंती छाती पीट-पीटकर दहाड़ें मार रही थी, नासपीटे ने न जाने कौन-से जनम का बदल लिया। पापी का हाथ न कंप–कंपाया कथरी में आग लगाते हुए। खुद तो मरा, मंगलू को भी ले मरा।

उनींदी-सी, अतीत की लहरों में गोते लगाती बसंती झटके से वर्तमान में लौट आई। नहीं, अब नहीं। अब बसंती दुबारा ऐसी गलती नहीं करेगी। मर्द जात नहीं सुधर सकती, न सुधरे। वह अपने बल पर खुशियाँ बटोरेगी। एक बार बर्बाद हो चुकी है, अब न होगी। एक ही झटके में जैसे विवेक जाग गया। आज बिरजू भूखा-प्यासा घर से गया है, कहीं कुछ न कर बैठे। काम पर नहीं जाऊँगी, तो कोठीवालियाँ चिल्लाएँगी। सोलह नम्बर वाली की बहू तो खूब फटकारेगी। आज सब कोठीवालियों से पैसे माँगकर लाऊँगी। उसे नहीं बताऊँगी। दोनों बच्चों के लिए कपड़े, उसके लिए धोती-कुर्ता, मैदा-घी, सब खरीदकर लाऊँगी। वह दारू पीकर आए तो उसकी खुशी। मैं तो लक्ष्मी मैया से हाथ जोड़कर कहूँगी, "मैया तू आना पर हमारी मति पर न छा जाना। और क्या? खुशियों के दीयों को फूँक मारकर बुझाना थोड़े ही है। उनमें तो तेल-बाती डालकर रौशन करना है, ताकि घर के भीतर भी उजाला हो और मन के भीतर भी।"

मन ही मन यह सब ठानकर वह हड़बड़ाकर उठी। चूल्हे पर चाय का पानी चढ़ाया। बच्चों को टेर लगाई। उन्हें भी चाय पिलाई और खुद भी सुड़की। अलगनी से चादर उठाई, ओढ़ी और चल दी काम पर।

मेरा कसूर क्या है?

कल हमारे कॉलेज में अजीब-सी घटना हुई। मैं और मेरे अन्य साथी अध्यापक स्टाफ रूम मे बैठे धड़ाधड़ परीक्षा की कॉपियाँ जाँच रहे थे। प्रिंसिपल साहब का आदेश हुआ था कि दो दिन के भीतर कॉपियाँ ऑफिस में जमा करा दी जायें। सिर उठाने की फुर्सत नहीं थी। अजीब तरह का सन्नाटा स्टाफ रूम में व्याप्त था।

हमारे साथी अध्यापक मि. प्रसाद को खबरें जमा करने में विशेष रुचि है। वह अचानक बोल उठे, "क्यों भई शर्मा जी, कल भाभी जी के साथ जनाना अस्पताल में क्या कर रहे थे? वह तो बड़ा बदनाम अस्पताल है। सब खैरियत तो है न?"

अचानक पूछे गए इस सवाल नें सब की जिज्ञासा जाग्रत कर दी। शर्माजी के मुख के भाव स्पष्ट कर रहे थे कि उन्हें यह पूछताछ अच्छी नहीं लगी। हम सब व्याकुल थे यह जानने के लिए कि सब कुशल-मंगल तो है न।

शर्माजी ताव खा गये। चीखकर बोले, "हाँ-हाँ, सब कुशल-मंगल है। ईश्वर की हम पर विशेष ही अनुकम्पा है। पहले दो कन्याएँ घर की शोभा बढ़ा रही हैं, अब यह तीसरी भी गृह-प्रवेश की तैयारी कर रही है। बोलो, है न सब कुशल-मंगल?"

इस अप्रत्याशित उत्तर ने हमें हतप्रभ कर दिया। वातावरण में फैल चुकी खुश्की को नम करने के लिए कमाल साहब बोले, "अमाँ यार! इसे ऊपरवाले की मर्जी समझो और स्वीकार करो...।"

उनकी बात काटते हुए शर्माजी फिर झल्लाये, "जिनके घर तीन-तीन, चार-चार बेटियाँ हैं उन से पूछो? जिन्दगीभर बाप खटता रहेगा– माँ बनी रहेगी चौकीदारिन। इतनी मेहनत-मशक्कत के बाद ससुरालवाले ठीकरे की तरह वापिस मारेंगे मुँह पर...।"

मैंने झट कहा, "उन्हें ठीकरा क्यों बनाते हैं? उन्हें तराशकर हीरा बनाइए, यह नौबत ही नही आएगी। कहीं दो-चार ऐसे उदाहरण दिख जायें

तो उसके आधार पर समस्त स्त्री जाति के प्रति नफरतभरी धारणा नहीं बना लेनी चाहिए।"

मगर शर्माजी कुछ भी सुनने को तैयार नही थे। उनकी ज़बान दनादन बेटियों पर गोलियाँ दाग रही थी। कमाल साहब ने आग पर छींटे मारने की कोशिश की, "अमाँ! ऐसा नहीं कहते। आप लोग तो खुद ही उन्हें 'देवी' का दर्जा देते हैं, फिर इतना तिरस्कार क्यों?"

शर्माजी भड़क गए, "भाईजान आधी बात समझने से काम नही चलता। यह लड़कियाँ मोक्ष दिला सकती हैं क्या?' शर्माजी जैसे पढ़े-लिखे, तमीजदार व्यक्ति के मुख से इतनी घिसी-पिटी दकियानूसी बात सुनकर हम सब भौक्के रह गए। मामला उतना सरल नहीं था जितना हम सब समझ रहे थे।

इतने में मिसेज जोशी बोलीं, "यह तो आउट डेटेड बातें हैं, यह लोक सुधार लें तो परलोक स्वयं सुधर जायेगा। आजकल तो लड़कियाँ लड़कों से आगे हैं। और फिर लड़कों के अनुपात में अभी भी लड़कियाँ कम हैं, ऐसे में आप ...?"

शर्माजी बात काटते हुए बोले, "बस-बस मिसेज जोशी। अपना समाज-शास्त्र अपने पास रखिए। यह मेरा पर्सनल मामला है। आप लोग दखलअन्दाजी न करें तो अच्छा है।"

शर्माजी के बोलने के अन्दाज में इतनी कड़वाहट थी कि मैं बोले बिना न रह पाई, "अच्छा तो अब आप क्या करने जा रहे हैं?"

हथगोले-सा उत्तर आया, "करूँगा क्या? बस इतिश्री करवा दूँगा।" इस उत्तर ने मुझे आहत कर दिया। एक मासूम बालिका का कोमल चेहरा मेरी आँखो के समक्ष घूम गया, मानो वह नन्हे-नन्हे हाथ बढ़ाकर कह रही हो, "मुझे बचा लो– मेरा कसूर क्या हैं?"

मैं चिल्ला उठी, "आप ऐसा हरगिज नहीं करेंगे, यह सरासर हत्या है। आप एक मासूम की जान कैसे ले सकते हैं?"

शर्माजी हिकारत से बोले, "वाह, मैडम वाह! भारत की जनसंख्या द्रुतगति से बढ़ रही है, आज के जमाने में आप इसे हत्या का नाम दे रही हैं? बैकवर्ड आप हैं– मैं नहीं। सरकार खुद चीख-चीखकर कह रही है कि आबादी कम करो।"

मि. प्रसाद ने इसका सटीक जवाब दिया, "महाशय, आप गलत कह रहे हैं, सरकार बच्चों को आने से रोकने पर बल दे रही है, उन्हें दुनिया में

आमंत्रित करके, उनकी हत्या करके जनसंख्या कम करने को नहीं कह रही। दोनों बातों में फर्क है।''

मैंने भी तपाक से जोड़ दिया, ''यह तो सरासर मनमानी है, पहले आप एक जीव को इच्छा से आमंत्रित करें फिर जानकारी हासिल करें कि वह पुत्र है या पुत्री। पुत्र है तो जतन से सँभालें, पुत्री है तो गला घोंट दें। हममें और हत्यारों मे क्या फर्क रह गया? बात सही ढंग से कही गई थी, सब नें समर्थन किया तो शर्माजी खिसिया गये। क्रोधित हो उन्होंने फटाफट उत्तर पुस्तिकाएँ समेटी, अपनी अल्मारी में रखी और तमतमाये हुए बिना कुछ कहे बाहर निकल गए।

उनके बाहर निकलते ही हम सब विचार-विमर्श करने लग गए कि किस प्रकार शर्माजी को इस कृत्य से रोका जाए। मिसेज शर्मा के प्रति हमें पूर्ण सहानुभूति थी। हम उनकी विवशता समझ रहे थे। पुत्र न होने के लिए पूरी तरह जिम्मेदारी पुरुष की होते हुए भी कितनी सरलता से वह स्त्री पर यह दोष थोप देता है। पढ़ी-लिखी होने के बावजूद स्त्रियाँ स्वयं को दोषी मानकर पति और ससुरालवालों का तिरस्कार सहन करती चली जाती हैं। हम सब अपनी जिम्मेदारी महसूस कर रहे थे कि उस नन्ही जान को बचाना है जिसका स्वयं का कोई कसूर नहीं है। हम इसी उहापोह में पड़े थे कि मोबाइल की घण्टी बजी, तब हमें अहसास हुआ कि शर्माजी अपना मोबाइल यहीं भूल गए हैं।

मि. प्रसाद ने मोबाइल उठाया, इससे पहले कि वह कुछ कहते उधर से आवाज आई, "मैं डॉ. हर्षा बोल रही हूँ।" शर्माजी जैसा कि तय हुआ था आप चार बजे वाइफ को लेकर मेरे रेज़िडेंस वाले क्लिनिक पर आ जाइए, काम हो जायेगा।'' फोन काट दिया गया। मि. प्रसाद के चेहरे पर मुस्कान फैल गई। उत्साहित होकर बोले, ''भई जहाँ चाह वहाँ राह। डॉक्टर ने खुद ही बता दिया कि चार बजे आना है। ईश्वर की भी यही मर्जी है कि हम उस नन्ही जान की रक्षा करें। चलो प्रिंसिपल साहब को सारी बात बताते हैं और छुट्टी लेकर अस्पताल पहुँचकर इस काम को अंजाम देने से रोकते हैं।''

एक बात मैं कहूँ, हमारे प्रिंसिपल हैं सज्जन व्यक्ति। सारी बात समझकर उन्होंने न केवल छुट्टी दी, बल्कि अपनी गाड़ी भी दी और इस नेक काम में हम सफल हों ऐसी शुभकामनाएँ भी व्यक्त कीं।

हम ठीक चार बजे नर्सिंग होम में दाखिल हो गए। भाभीजी को लेबर रूम में ले जाने की तैयारी चल रही थी। शर्माजी निर्विकार भाव से बेंच पर बैठे थे। अपने अंश को नष्ट करने के कष्ट की रंचमात्र भी छाया मुख पर न थी। हम सब को सामने देख वह हतप्रभ रह गए। जबान को मानो लकवा मार गया। हम भाभी के स्ट्रेचर को घेरकर खड़े हो गए और नर्सों को हिदायत दे दी कि इन्हें लेबर रूम में नहीं ले जाया जायेगा।

शर्माजी बौखला गए, यह मेरा निजी मामला है, तुम लोग कौन होते हो रोकने वाले? लेकिन हमने उनकी एक नहीं चलने दी। शोर सुनकर डॉक्टर वापिस अपने कमरे में जाने वाली थीं कि मिसेज जोशी ने रास्ता रोक लिया। मि. प्रसाद नें उन्हे सख्त शब्दों मे कहा, ''आप जानती हैं कि लिंग जानने से लेकर भ्रूण निष्कासन तक की पूरी प्रक्रिया ही गैर कानूनी है, फिर भी आप कैसे यह काम कर रही हैं? आप यहीं इस काम को रोक दीजिए, नहीं तो हमें कानून का सहारा लेना पड़ेगा। सजा और जुर्माना तो आप जानती हैं न? इस धमकी का असर होता देख श्रीमती शर्मा के चेहरे पर सुकून फैल गया। झट से मैंने उनसे पूछ लिया, ''भाभीजी, क्या आप इस कन्या से छुटकारा पाना चाहती हैं?'' वह आहत स्वर में बोलीं, ''नहीं। हरगिज़ नहीं। यह मेरा अंश है, इसे दुनिया में लाना मेरा धर्म भी है, कर्तव्य भी। मगर मैं इनकी और माँ जी की इच्छा के विरुद्ध भी तो नहीं जा सकती...'' कहकर वह रो पड़ी।

उन्हे दिलासा देते हुए मैंने शर्माजी को आड़े हाथों लिया, ''शर्माजी, हद कर दी आपने। आपने अपनी पत्नी की इच्छा जानने की आवश्यकता ही नहीं समझी! आप माँ-बेटे ने यह निर्णय कैसे ले लिया? और डॉक्टर आप भी? क्या आपको वस्तुस्थिति से अवगत होने की आवश्यकता नहीं? फीस के रूप में मोटी रकम प्राप्त करना ही आपका लक्ष्य हैं? शर्माजी, अपनी पत्नी की भावनाओं को तो समझा होता? आप तो संतान के रक्षक बनने के बजाय भक्षक बनने जा रहे हैं?''

शर्माजी शर्मिंदा हो गये। धीरे से बोले, ''सॉरी मैडम, कभी इस तरह सोचा ही नहीं, शायद चार बहनों के बाद आने से मुझे माता-पिता का लाड़ कुछ ज्यादा ही मिला और बहनों को इतना तिरस्कार मिला कि कभी स्त्रियों की भावनाएँ जानने की आवश्यकता ही नहीं समझी।''

माँ ने भी बहनों को बोझ की तरह ही लिया। कम पढ़ाया-लिखाया, आये दिन ससुरालवालों के साथ समस्याएँ आती रहती हैं। एक तो शादी

के चार महीने बाद ही लौटा दी गई, चार बहनें और तीन बेटियाँ! सोचकर ही आत्मा काँपने लगती है...।"

कमाल साहब शर्माजी को समझाते हुए बोले, "बरखुरदार, यह सब पहले सोचना और प्लान करना चाहिए था। अब तो ज़माना बदल गया है। आजकल तो लड़कियाँ को इतना सक्षम बनाया जा रहा है कि माँ-बाप के बुढ़ापे की लाठी बन रही हैं, और रही बात मोक्ष की..." बात को काटते हुए शर्माजी बोले, "बस, बस। शर्मिंदा न करिए कमाल साहब! आपने तो पुत्रियों के मामले में मेरा नज़रिया ही बदल दिया। अब मैं इन्हें अपनी कमजोरी नहीं ताकत समझूँगा।"

इतने में इकबाल साहब नें चुटकी ली, "क्यों डॉक्टर साहिबा फीस जाने का गम तो नही?" डॉक्टर शर्मिंदा होते हुए बोली, "आपने मेरी भी आँखें खोल दीं..., "अभी डॉक्टर की बात पूरी भी न हुई थी कि शर्माजी की माँ की आवाज नें हम सबको चौंका दिया—"आँखें तो मेरी भी खुल गई हैं। सच में, यह पाप करने के लिए मैंने ही उकसाया था। पोते की चाह में मैं सही-गलत कुछ सोचना ही नहीं चाह रही थी, लेकिन अब ऐसा नहीं होगा। मेरे आँगन में तीसरा फूल भी खिलेगा।"

माताजी की बात से सारा वातावरण हल्का हो उठा था। भाभीजी ज़ोर-ज़ोर से रोए जा रही थीं, इस पर शर्मा नें कंधे थपथपाते हुआ कहा, "अब रो मत। तेरी नन्ही तेरी गोद में हँसती हुई अवश्य आएगी, क्योंकि इसमें उसका कोई कसूर नहीं हैं...।"

बँटवारा

ट्रेन में बैठी अंजू के विचारों की गति ट्रेन से भी ज़्यादा तेज गति से चल रही थी। उफ! यूँ ही भाइयों के बारे में उल्टा-सीधा सोचती रही। दो दिन पूर्व ही जब आलोक भइया का फोन आया था कि दो-चार दिन के लिए लखनऊ आ जाओ– तब से ही मन हल्का-हल्का हो आया था। डेढ़ वर्षों से जो भारीपन और कसैलापन दिल-दिमाग पर छा गया था वह पलभर में ही छूमंतर हो गया। लेकिन वह भी गलत कहाँ थी– भाइयों ने भी हद कर दी थी। जब से पापा गुज़रे हैं, किसी ने उसकी सुध ही न ली थी। तीन भाइयों की इकलौती बहन है। पता नहीं बचपन का दुलार-प्यार कहाँ हवा हो गया। माँ ने तो कई बार फोन पर आग्रह किया आने का, पर न जाने क्यों पापा के जाने के बाद से ऐसा लगने लगा था कि समुचित आमंत्रण के बिना जाना ठीक नहीं। नीलेश और माँजी ने भी प्रसन्नतापूर्वक जाने की अनुमति दे दी थी। माँजी से कुछ भी छिपा न था। दोनों जानते थे कि अंजू चाहे मुँह से कुछ न कहे पर मायके जाने के लिए हुड़क रही है।

रातभर उनींदी-सी वह इन्हीं विचारों में खोई रही। सुबह पाँच बजे लखनऊ स्टेशन आते ही मन चहक उठा। जानती थी भइया समय से पहले ही स्टेशन पर उसका इन्तजार कर रहे होंगे। माँ, भाभियाँ आँखें बिछाये राह तकती होंगी। लेकिन पहला ही झटका उसे तब लगा जब आलोक भइया दस मिनट लेट आये और ठंडे भावहीन स्वर में उसका स्वागत किया। रास्ते भर केवल औपचारिक बातचीत ने उसके मन में कई सवाल खड़े कर दिये। किसी अप्रिय स्थिति के पूर्वाभास से मन शंकित हुआ जा रहा था।

दरवाजा खुलते ही माँ की जीर्ण-शीर्ण कृश काया देख धक्का लगा। आँखों के भाव माँ के हृदय की व्यथा कह रहे थे लेकिन कारण उसे समझ न आ रहा था। ड्राइंगरूम में ही चाय आ गई, भतीजे-भतीजियों ने उसे घेर लिया था। वह लाख उनकी बातों में ध्यान लगाना चाह रही थी पर दिमाग में घण्टी-सी बज रही थी कि यहाँ कुछ गलत घट रहा है।

जब वह नहाने के लिए घर के अन्दर गई तो दंग रह गई। महल जैसा घर तीन हिस्सों में बँटा पड़ा था। मँझले आशीष भइया को सामने देखकर वह हकलाते हुए केवल इतना ही पूछ पाई– भइया... यह कब... कैसे हुआ? इतने में आलोक भइया भी आ गए। प्रश्न सुनकर तपाक से बोले, "अरे अंजू, यह तो एक दिन होना ही था। फिर भी हम नहीं चाहते थे कि इतनी जल्दी यह सब हो। पर क्या करें, पापा के जाने के बाद से ही अजय भइया का अमेरिका से आये दिन फोन आ रहा था– माँ से बार-बार पैसा माँग रहे थे कि वहाँ फ्लैट खरीदना है उसमें पैसे कम पड़ रहे हैं।" थोड़ा रुककर आगे बोले– "भई! हम और आशीष बिजनेस से तो इतनी बड़ी रकम निकाल नहीं सकते थे, और फिर हमें ऐसा लगा कि पापा के न रहने से अजय भइया को अपने हिस्से की फिक्र होने लगी है, सो हमने घर के तीन हिस्से कर दिये..., "अंजू ने जब हैरानगी से पूछा तो आलोक भइया बात का अर्थ बदलने की दृष्टि से अंजू को विस्तार से समझाने लग गये– "यहाँ से वहाँ तक का आशीष का हिस्सा, यहाँ से वहाँ तक आलोक का.... और यहाँ से वहाँ तक .....",बात को बीच में ही काटते हुए अंजू बोली, "और माँ का हिस्सा?" सुनते ही दोनों भाई भड़क गए। "माँ का हिस्सा? पागल हो गई हो क्या? अभी माँ का हिस्सा कर देंगे तो उनके बाद तीन छोटे-छोटे हिस्सों का क्या होगा?" अंजू के मुँह के भाव देख आशीष भइया धीरे से बोले, "अरे माँ तो जहाँ चाहे उठ-बैठ सकती है, उन्हें हिस्से की क्या जरूरत?"

भाइयों के मुँह से निकले शब्द मस्तिष्क पर हथौड़े-सा वार कर रहे थे। अनमनी-सी वह नहाने के लिए बाथरूम की ओर चल पड़ी। नहाते हुए यही सोच रही थी कि अभी तो बाहर से ही नक्शा समझाया गया है, अन्दर जाकर देखूँगी कि वस्तुस्थिति क्या है? माँ का सामान कहाँ रक्खा गया है? और मेरे कमरे के सामान का क्या हुआ? वह जानती थी उसे छूने की हिम्मत किसी की न हुई होगी। पापा ने अपने जीते जी उसके कमरे और सामान को किसी को छूने नहीं दिया था। वह कहा करते थे, "यह अंजू का कमरा है और हमेशा अंजू का रहेगा, इसमें न कोई परिवर्तन होगा, न उस का सामान कोई उठायेगा।" उसके बाद, उस के कमरे और साथ लगे ड्रेसिंग रूम और बाथरूम को कभी किसी ने न छेड़ा था। आज पापा की बात का अर्थ उसे समझ में आ रहा है। शायद मूकरूप से उन्होंने अंजू को भी मकान में हिस्सेदार बना दिया था।

जैसे ही अंजू नहाकर बाहर आई, देखकर हैरान हुई कि उसका सामान नौकरों वाले कमरे की ओर ले जाया जा रहा है। वह भी पीछे-पीछे चल दी। देखकर उसे चक्कर आ गया कि उस कमरे में माँ की गृहस्थी जमी हुई है। रस्सी पर माँ के कपड़े फैले पड़े थे, एक कोने में पत्थर पर गैस का पुराना चूल्हा पड़ा था, शायद यही माँ का रसोईघर था। जब उसने अपने कमरे के बारे में पूछा तो माँ ने बताया कि वह तो आशीष के हिस्से में चला गया। रुँधे गले से माँ बोली, "और बेटी, तुम्हारा सामान मेरे कमरे में चादर में बँधा पड़ा है" सुनकर अंजू आग-बबूला हो आई। वह इतने सारे धक्कों के लिए मानसिक रूप से तैयार न थी। लेकिन अभी यह सिलसिला खत्म कहाँ हुआ था।

नाश्ता करते वक्त आशीष भइया बोले, "अंजू वह जरा तुम्हें हमारे साथ वकील साहब के घर चलना होगा तुम्हारे साइन चाहिए।" "साइन? मेरे? किसलिए?" इतना पूछने पर आलोक भइया कर्कश स्वर में बोले, "अरे किसलिए क्या? साइन नहीं करोगी तो अजय का हिस्सा बिकेगा कैसे और उन साहब को पैसे कैसे पहुँचेंगे? तुम्हारे साइन के बाद ही तो उनका हिस्सा उनके नाम हो पाएगा?

सुनते ही अंजू का रोम-रोम जल उठा। अच्छा तो मात्र साइन करवाने के लिए उसे बुलाया गया था। माँ और बहन को तो परिवार से काटकर फेंक दिया। अजय भइया का नाम लेकर सारा चक्कर चलाया जा रहा है और उनकी आड़ में जो अपना उल्लू सीधा किया जा रहा है उसका क्या? अंजू बहुत कुछ पूछना चाह रही थी, परन्तु शब्द हलक में ही अटककर रह गए।

अंजू को अपने हिस्से की नहीं वरन् माँ की चिन्ता थी। उसे न तो माँ के पास बैठने दिया जा रहा था, और न ही सोचने-समझने का वक्त दिया जा रहा था। नाश्ता खत्म होते ही वकील साहब के पास ले जाया गया, बिना विस्तार जाने कागजों पर साइन करवा लिये गये। हस्ताक्षर होते ही भइयों के चेहरे चिन्तामुक्त हो गए। माँ और अंजू अनिश्चितता के सागर में डूब रही थीं। माँ का कहा एक ही वाक्य, "अंजू कोई बात मत छेड़ना नहीं तो मेरा जीना दुश्वार हो जाएगा", अंजू के मुँह पर ताला डाल गया। आँखों में आँसू और ठंडी विदाई लेकर वह वापिस भोपाल की गाड़ी में बिठा दी गई। रातभर माँ की सूनी, लाचार आँखें उसका पीछा करती रहीं थीं। रह-रहकर दिल में हूक-सी उठ रही थी और अंजू स्वयं को बहुत ही निरीह और लाचार महसूस कर रही थी।

घर पहुँचकर वह फूट-फूटकर रोई और उसने विस्तार से सारी बात बताई। सुनकर माँजी और नीलेश बहुत दुःखी हुए। सारी बातें सुनकर माँजी बोलीं, ''अंजू बेटी, परेशान होने की कोई बात नहीं। तुम मेरी तथा नीलेश की ओर से निश्चिन्त रहो। हमें तुम्हारे पापा की सम्पत्ति में से कोई हिस्सा नहीं चाहिए। ईश्वर का दिया सब कुछ है हमारे पास। रही तुम्हारे सामान की बात, तो बेटा इतने कमरे हैं घर में कोई भी एक कमरा अपने सामान के लिए चुन लो, हम उसमें कोई दखल नहीं देंगे। जहाँ तक मुझे लगता है तुम माँ को लेकर बहुत परेशान हो, तो बेटा अगले हफ्ते तुम और नीलेश जाकर उन्हें आदरपूर्वक यहाँ ले आओ...।

"यहाँ ले आऊँ?" अंजू के मुँह से बेसाख्ता निकल गया। ''क्यों नहीं?" माँजी बोलीं, ''बेटा यह तुम्हारा और नीलेश का घर है, अगर नीलेश की माँ यहाँ रह सकती है तो तुम्हारी क्यों नहीं।" इस पर नीलेश बोला, "हाँ अंजू! इस तरह तुम्हारी चिन्ता भी दूर हो जायेगी और माँ को सहेली भी मिल जायेगी।" सुनकर अंजू एकदम तनावमुक्त हो गई। वह सोच रही थी ''सच में, सम्पत्ति के बँटवारे दिलों में दीवार खड़ी कर देते हैं पर दुःखों के बँटवारे दिलों को कितना नजदीक कर देते हैं।''

फैसला

आज मैं अस्पताल गई थी मामाजी की कुशल-मंगल पूछने, लेकिन उनके पास वाले बेड पर अपनी प्रिय सहेली अनु को बेसुध पड़ा देखकर भौचक्की रह गई। आस-पास नजर दौड़ाई उसका पति या अन्य कोई परिवारजन दिखाई न पड़े। मुझे परेशान देखकर मामाजी ने बताया कि यह तो चार दिन से यूँ ही लावारिस पड़ी है। सुबह-शाम इसका पति आकर दवाइयाँ वगैरह देकर औपचारिकता-सी निभा जाता है, सुनकर मैं स्तब्ध रह गई। आखिर अनु को हुआ क्या? मामा जी केवल इतना जानते थे कि गर्म पानी इसके पेट पर गिर गया है और वह बुरी तरह झुलस गई है। आगे वह कुछ न बता पाए।

मैंने वहीं अस्पताल से माँ को फोन पर अनु के बारे में बताया और कह दिया कि अब तो मैं अनु के होश में आने तक यहीं बैठूँगी। इसके बाद मैं मामाजी और अनु के पलँग के बीच में पड़े स्टूल पर आकर बैठ गई। मैं यह जानने के लिए अधीर हो रही थी कि चार दिन से अनु अस्पताल में पड़ी है तो दीपक या उसके घर से किसी ने भी मुझे क्यों नहीं खबर दी। अनु के माता-पिता बेटे के पास अमेरिका रहने चले गये थे। इतने बड़े शहर में सिवा मेरे उसका कोई भी अपना न था। अब यह सब कैसे और क्यों हुआ, वह होश में आए तो बताए।

आखिर दो घण्टे बाद उसकी बेहोशी टूटी और वह जोर से कराही। उसकी आँखें बन्द थीं पर उसकी सिसकियाँ और आँसू बता रहे थे कि दर्द बहुत ज्यादा है। मेरा स्पर्श पाकर उसने आँखें खोली और फटी आँखों से मुझे देखती रह गई, और फिर यकायक मुझसे लिपटकर दहाड़ें मारकर रोने लग गई। मैं बार-बार पूछती जा रही थी कि आखिर हुआ क्या? पर उसके आँसू थे कि बाहर आने की छटपटाहट में शब्दों को पीछे छोड़ रहे थे। काफी देर बाद वह संयत हुई और बोली।

"रचना, मैं तुझे क्या बताऊँ– बात 8 मार्च की है, याद है न उस दिन 'महिला-दिवस' था, तू यह भी ज़ानती है उस दिन हमारे विद्यालय की ओर से गवर्नर हाउस में एक कार्यक्रम प्रस्तुत किया जाना था। इस कार्यक्रम के संचालन की जिम्मेदारी हमारी प्रिंसिपल ने मुझे दी। तू तो जानती है कि यह कोई आसान काम तो नहीं है। मैं लगभग बीस दिन उसमें व्यस्त रही। स्कूल के कामों के अलावा मुझे तीन-चार घण्टे कार्यक्रम को देने थे। बस इसी बात को लेकर घर में तनाव बनता गया। इधर माँजी की तबीयत थोड़ी खराब थी। पर मैं उनका सारा काम सुबह करके जाती, दोपहर को स्कूल से आकर उनको, बच्चों को खाना खिलाकर, दीपक का खाना ऑफिस भेजकर, बच्चों को पढ़ाई संबंधी हिदायतें भी देकर रिहर्सल पर जाती, शाम को सात बजे वहाँ से थककर आती और रात बारह बजे तक फिर दुनिया भर के काम निपटाती। मुझसे सहानुभूति तो दूर की बात है, माँ-बेटा तानों की बौछार करते रहे।"

"8 मार्च को छः से आठ बजे तक का कार्यक्रम था। मुझे चार बजे पहुँचकर सारी व्यवस्था देखनी थी। कार्यक्रम इतना सफल रहा कि क्या बताऊँ? मेरे द्वारा पढ़े गये आलेख की गवर्नर महोदय ने इतनी प्रशंसा की कि मैं फूली नहीं समा रही थी। पूरे कार्यक्रम में मैंने आधुनिक नारी की जो छवि प्रस्तुत की थी– जैसे, साहसी, निडर, बुद्धिमान, नेतृत्व क्षमता रखने वाली, अपनी समस्याओं से स्वयं जूझने वाली इत्यादि, उससे सभी प्रभावित थे। नौ-साढ़े नौ का समय था जब हम घर लौटे। हमारी प्रिंसिपल अपनी कार से हमें घर तक छोड़ने आईं।"

इतना कहकर अनु हाँफने लग गई, आँखों से झर-झर आँसू बहने लग गये। दिलासा देने पर वह आगे बोली, "आगे क्या बताऊँ रचना। वह क्षण याद करके मेरा सिर शर्म से नीचा हो जाता है। जब प्रिंसिपल महोदया मुझे छोड़ने आईं तो औपचारिकतावश मैं उन्हें अन्दर आने का आग्रह कर रही थी, पर वह किसी और दिन आने का आश्वासन दे रही थीं। हम सब कार्यक्रम की सफलता से अभिभूत, खिलखिला रहे थे। इतने में मीनू आई और मुझसे बोली, "मम्मी-मम्मी जल्दी अन्दर चलो पापा बहुत जोर से आप पर गुस्सा हो रहे हैं" मुझे काटो तो खून नहीं। ऐसा लगा मानो मैं सब के सामने निर्वस्त्र कर दी गई हूँ और वह मुझे चिढ़ा रहे हैं– बस, बड़े-बड़े बोल सभाओं में ही बोलती हैं मैडम! यह है तुम्हारी औकात।

खैर, मैं अपमान का कड़वा घूँट पीकर अन्दर गई। देखती क्या हूँ कि दीपक रसोई में बर्तन पटक रहे हैं और माँजी हाय-हाय कर रही हैं, और छोटी नीतू भूख से चिल्ला रही है। अपनी थकान भूलकर जैसे ही मैंने कहा, "थोड़ी देर शान्त रहो मैं कपड़े बदलकर सब ठीक कर देती हूँ" दीपक फट पड़े, "पहले माँ को पानी गरम करके दे दो– पीठ दुख रही है उनकी।" मैं गुस्से से भर गई। रचना, न तो यह कार्यक्रम देखने आए, न तुम तक ही निमंत्रण पहुँचाया, न आते ही कुछ पूछा कि कार्यक्रम कैसा रहा? खैर, मुझे ऐसा लग रहा था कि मैं सीधे आसमान से धरती पर पटक दी गई हूँ। कहाँ गवर्नर ने स्वयं मेरे पास आकर मेरी प्रशंसा की और कहाँ ....?

खैर, मैंने पानी का पतीला गैस पर चढ़ाया और रबर की बोतल का ढक्कन खोलकर जैसे ही खौलता हुआ पानी, उसमें भरने जा रही थी कि नीतू चिल्लाई, "मम्मी, पहले खाना दो।' साथ ही इनके तलवार की नोक से चुभते शब्द कानों में पड़े, "बेटा, आज महिला दिवस है, आज के दिन भाषण खाते हैं -- खाना नहीं।" सुनते ही मेरे हाथ गुस्से से काँपे और खौलता हुआ पानी मेरे ऊपर छलक गया, मैं छिटककर फर्श पर गिर पड़ी। नीतू डर के मारे चिल्लाई और यह तमतमाते हुए रसोईघर में आए और आव देखा न ताव, एक थप्पड़ मेरे गाल पर जड़ दिया। रचना, तन की जलन तो न जाने कहाँ गायब हो गई पर मन में ऐसी चीख-पुकार मची कि क्या बताऊँ। ऐसा लग रहा था गरम-गरम भभूके मेरे दिमाग पर चढ़ रहे हैं। शायद मेरा बी.पी. एकदम बढ़ गया था और मैं बेहोश हो गई थी। आँखें खोली तो मैं अस्पताल में थी।

बोलते-बोलते उसका गला खुश्क हो गया था। मैंने उसे पानी पिलाया तो वह आगे बोली, "रचना, चार दिन से यहाँ दर्द से तड़प रही हूँ, सुबह-शाम बेगानों की तरह चक्कर लगा जाते हैं। जिन्दगी में पहली बार माँ-बाप के दूर होने की पीड़ा महसूस कर रही हूँ। चार दिन से बच्चों का मुँह नहीं देखा। माँजी एक बार भी देखने नहीं आईं। रचना, मैंने इन लोगों की सेवा में क्या कसर छोड़ी है? यह लोग पैसे के लिए नौकरी करवाना चाहते हैं, लेकिन पढ़े-लिखे पति भी यह भूल जाते हैं कि नौकरी से जुड़े अतिरिक्त कार्य भी होते हैं, वह भी नौकरी में ही शामिल होते हैं। पति की अनुपस्थिति में पत्नी हर तरह का काम सँभाल लेती है पर पति अकेला काम करे तो अहसान क्यों चढ़ाता है? वह भी-- पत्नी से नौकरी करवाने वाला पति।" यह कह अनु अचानक से चुप हो गई और कुछ सोचने लग गई।

मैंने उसका हाथ पकड़कर पूछा, "क्या सोच रही हो अनु?" तो वह दृढ़ स्वर में बोली, "रचना, मैंने भी सोच लिया है अब अलग रहूँगी, तू तो जानती है शादी के सात वर्षों में न जाने कितनी बार पिटी हूँ और न जाने कितनी बार अस्पताल में भर्ती हुई हूँ। यह सिलसिला जिन्दगीभर तो जारी नहीं रह सकता। मैं प्रताड़ित होती रहूँगी तो मेरी बेटियों में हिम्मत और जागरूकता कैसे आएगी?" अनु ने मेरा हाथ कसकर पकड़ लिया, तड़पकर बोली, "रचना, मैं घुट-घुटकर मर जाऊँगी, अब मुझे रोकना मत, हर बार तू मुझे समझाकर रोक देती है, मैं वापिस उस घर में नहीं जाऊँगी। मैं अलग रहूँगी। बोल मेरा साथ देगी न? इतना कह वह फूट-फूटकर रोने लगी।

अनु की पीड़ा मेरे अन्तर को छू गई। मेरा मन रो उठता है– पढ़ी-लिखी लड़की, स्कूल में शिक्षिका, जिसके माता-पिता ने आधी सम्पत्ति उसके नाम कर दी, उसकी यह हालत, शारीरिक पीड़ा भी भोग रही है और मानसिक यंत्रणा भी। बाहर नारीमुक्ति पर लेख लिखकर प्रशंसा बटोर रही है– पति द्वारा उपहारस्वरूप तमाचे खाती है। जो अपने विद्यार्थियों को जीवन पथ पर आत्म-विश्वास से आगे बढ़ने की प्रेरणा देती है, पर घर में उसकी लगाम पति और सास द्वारा हर दम खींची जाती है। स्वतन्त्रता, मुक्ति और अधिकार की बातें शायद अधिकांश पतियों के हलक से नहीं उतरतीं।

अनु के प्रश्नों के उत्तर खोजने की मैं चेष्टा कर रही हूँ। क्या अलग हो जाना ही स्वतंत्रताप्राप्ति है? परिवार के मूल्य पर क्या यह स्वतंत्रता सार्थक है? या फिर, परिवार विघटित न हो इसका मूल्य सदा केवल स्त्री ही चुकाती रहेगी? घर की देहरी के पार आ जाना ही स्वतंत्रता नहीं है। पुरुष का सँकरी सोच से बाहर आ जाना वास्तविक स्वतंत्रता से परिचय करवाएगा। लेकिन इस बात को पुरुष कब समझेगा? यह मेरी समझ से परे है। दीपक को यह बात मैं समझा-समझाकर थक गई हूँ। मैं तो बस इतना जानती हूँ कि अनु भँवर में फँसी है– हाथ तो बढ़ाना ही होगा।

प्रतिदान

दीपा नहाकर निकली, उसने सोचा कि ऊपर छत पर जाकर बाल सुखा लिये जायें। पर जैसे ही वह सीढ़ियाँ चढ़ने को हुई, बड़ी जेठानी की क्रोध भरी आवाज सुनकर ठिठक गई। उसे क्रोध तो आया परंतु संस्कारवश, आयु में माँ समान जेठानी से प्रश्न न कर सकी। वह समझ नहीं पा रही थी कि छत पर जाने में क्या बुराई है। उसके विवाह को दो माह हुए थे, अभी वह ससुराल के इस वातावरण को समझने का प्रयत्न कर रही थी। क्रोध को दबाकर वह चुपचाप लौट आई और छोटी जेठानी रश्मि के कमरे में चली गई।

रश्मि और दीपा की आयु में अधिक अन्तर न होने की वजह से वह उससे आत्मीयता महसूस करती थी। रश्मि ने उसे समझाया कि परिवार की कोई भी स्त्री ऊपर नहीं जाती। ऊपर सबसे बड़े भइया रहते हैं, वह अकेले हैं। उनकी पत्नी और संतान नहीं है। उनका भोजन इत्यादि नौकर ऊपर पहुँचा देता है। उनसे स्त्रियाँ पर्दा करती हैं। बातचीत का तो कोई प्रश्न ही नहीं उठता। शायद वह अकेले हैं इसलिए। वह नामी वकील हैं, आमदनी खूब होती है, वह परिवार से अत्यन्त आत्मीयता रखते हैं और आय का अधिकांश भाग परिवार पर ही व्यय करते हैं। परंतु जब दीपा ने उनकी पत्नी के बारे में पूछा तो वह चुप्पी साध गईं। दीपा ने जिज्ञासा होने के बावजूद कुछ अधिक पूछना उचित न समझा।

इस परिवार का वातावरण दीपा को बहुत अटपटा लग रहा था। माता-पिता का देहान्त हो चुका था। चार भाई थे। दीपा का पति सुरेश सबसे छोटा था। घर में बड़ी भाभी का ही हुक्म चलता था। दीपा और रश्मि को वह पुत्रीवत प्रेम करतीं तथा कड़े अनुशासन में रखतीं। इसीलिए दीपा को यहाँ का वातावरण बहुत उबाऊ और दमघोंटू लगता। दीपा समझ न पाती कि यहाँ स्त्रियाँ आधा समय रसोईघर में और आधा गेहूँ-चावल बीनने में कैसे गँवा देती हैं? उनकी मानसिक शक्तियाँ केवल नौकरों से हिसाब

लेने और गेहूँ-चावल के बोरे गिनने में ही व्यय होतीं। जिन हाथों में कभी उच्च शिक्षा की डिग्रियाँ सुशोभित हुई होंगी वह हाथ कलम और पुस्तक पकड़ना तो जैसे भूल ही गए हैं। उसका भी यही हश्र होगा– यह सोचकर उसका तो दिल बैठा जाता था।

दीपा को रह-रहकर अपने कोलकाता की याद आती जहाँ भोर होती रवीन्द्र संगीत से और पलकों में निद्रा का आगमन तब होता जब जिव्हा पर रवीन्द्र संगीत थिरकता। जहाँ छुट्टी का दिन बीतता थियेटर का आनन्द लेने में या शाम गुजरती साहित्यिक गोष्ठियों में, जिनमें शेक्सपियर, टैगोर, मोपासाँ की रचनाओं की समीक्षा होती। यहाँ फिरोजाबाद का नीरस वातावरण उसे कैसे रास आता।

जब दीपा के ब्याह की बात चली थी, उस वक्त भी माँ ने पिताजी को कितना मना किया था कि फिरोजाबाद में लड़की अपने आपको खपा नहीं पायेगी। परन्तु दीपा के पिताजी और बड़े भइया यानी जेठजी, दोनों पेशे से वकील और मित्र थे, इसलिए पिताजी इच्छुक थे। लेकिन जब बड़े भइया शादी की बात करने आए तो दीपा और उसकी माँ की धारणा मूलतः परिवर्तित हो गई। धीर-गम्भीर गरिमामय व्यक्तित्व और उस पर ज्ञान का अथाह भंडार– बड़े भइया ने सबका मन मोह लिया और जब दूसरी बार वह अपने सुदर्शन डॉक्टर भाई सुरेश को लेकर आए तो दीपा ने मन ही मन समस्त देवी-देवताओं को रिश्वत दे डाली कि वह उसका वरण अवश्य करें और नियत तिथि पर विवाह सम्पन्न हो गया।

दीपा ने मन में ससुराल की जो छवि बना ली थी उसके विपरीत वातावरण देखकर उसका मन क्षोभ से भर उठा था। सुरेश मरीजों में उलझा रहता। साहित्य-संगीत में उसकी कोई रुचि नहीं थी। दीपा जब भी बड़े भइया की पत्नी के बारे में पूछती तो वह चुप्पी साध जाता। सब की इसी प्रतिक्रिया ने उसके मन में अधिक जानने की उत्कण्ठा जगा दी। साथ ही बड़े भइया के प्रति उसकी सहानुभूति भी बढ़ती जा रही थी। वह चाहती थी कि परिवार के सभी सदस्य मिलकर बैठें, हास्य-विनोद के साथ-साथ भइया के ज्ञान से लाभान्वित भी हों। बड़े भइया को भी पारिवारिक वातावरण का सुख प्राप्त हो। दीपा समझ नहीं पा रही थी कि भइया निष्कासित-सा जीवन क्यों जी रहे हैं।

एक दिन घर के पुराने माली से बातचीत के दौरान दीपा को चौंकाने वाली जानकारी मिली। माली ने बताया कि बड़े भइया की शादी को एक

वर्ष हो चला था परन्तु न जाने क्यों उनके अपनी पत्नी से सम्बन्ध मधुर नहीं बन पाए थे। इस बात को समस्त परिवारजन महसूस कर रहे थे परन्तु इसकी परिणति इस प्रकार होगी, किसी को अन्दाजा नहीं था।

माली ने आगे बताया कि "एक रात भइया-भाभी ऊपर थे, बाकी सब लोग आँगन में सोने की तैयारी कर रहे थे। रात दस बजे एक हट्टा-कट्टा जवान मर्द आया, वकील बाबू को पूछा तो उसे ऊपर भेज दिया गया। थोड़ी देर के बाद क्या देखते हैं कि वह बहूरानी का हाथ पकड़ कर, बड़ी शान से आँगन पार कर बाहर निकल गया। बहूरानी भी सास-ससुर की परवाह किये बिना बेहयाई से मुँह उघाड़ घर की देहरी लाँघ गई। वह उमस भरी गर्मी की रात तो भुलाए नहीं भूलती। बड़े भइया मूकदर्शक बने खड़े रहे, न कोई प्रतिरोध– न कोई प्रतिवाद। और बाद में एक मुँह और हजार बातें। कोई बड़े भइया को दोषी मानता, कोई बहू पर लांछन लगाता। बाबूजी और माँजी इस आघात और अपमान को न सह पाये और एक महीने के अन्तराल पर चल बसे। तब से बड़े भइया भीष्म पितामह की भाँति परिवार में रहकर भी सांसारिक नहीं रहे।"

यह घटना जानने के बाद दीपा के हृदय में बड़े भइया के लिए सम्मान द्विगुणित हो गया। कितना महान् है यह व्यक्ति जो पत्नी की इच्छा के सामने नतमस्तक हो गया और स्वयं का जीवन बंजर बना लिया। अपमान का यह घूँट उन्होंने कैसे पीया होगा। रात को बिस्तर पर पड़े-पड़े यह सब सोचती रही और धीरे-धीरे निद्रा ने उसे आ घेरा।

सुबह जब वह सोकर उठी तो सारे घर में मरघट-सी छाई चुप्पी देख हैरान रह गई। कोई कुछ बताता ही न था। सबके मुँह पर मानो ताला पड़ गया हो। बहुत कुरेदने पर रश्मि ने बताया कि "भइया के कमरे की खिड़की पड़ोस वाले शर्माजी की छत पर खुलती है। कल रात जब दीनू उनका खाना लेकर ऊपर गया तो देखा कि बड़े भइया अपने कमरे की खिड़की से हाथ बढ़ाकर शर्माजी की युवा विधवा पुत्री शीला का हाथ पकड़कर खड़े हैं और शीला जोर-जोर से रोये जा रही है। शीला विवाह के एक वर्ष बाद ही विधवा होकर मायके आ बैठी है, निःसंतान है, सारा दिन नौकरानी की तरह काम करती है और भाभी के ताने सुनती है। शायद भइया से शीला का दुःख देखा न गया हो। दीनू ने भाभी को बता दिया और उन्होंने कुहराम मचा दिया। चूल्हा ठंडा पड़ा है, ऊपर भइया भूखे-प्यासे पड़े हैं। पूरा परिवार इसे नितान्त अनैतिक कृत्य मानकर शर्म से गड़ा जा रहा है।"

सारी घटना जानकर दीपा को उनकी सोच पर बहुत गुस्सा आया। उसने मन-ही-मन साहस जुटाया और समस्त परिवार को आँगन में एकत्रित किया और इतने ऊँचे स्वर में बोली ताकि ऊपर बैठे भइया तक उसकी आवाज़ पहुँच सके। वह दृढ़ स्वर में बोली, "आज आप सबका बड़े भइया को उनके प्रेम का प्रतिदान देने का समय आ गया है। जिस प्रेम और जिम्मेदारी से अपना सर्वस्व अर्पण कर के उन्होंने हमारे घर बसा दिये हैं, अब हमारा कर्तव्य है कि हम भी खुशी-खुशी सच्चे हृदय से उनकी मनपसंद स्त्री को जीवनसंगिनी बनाने में सहयोग करें, ताकि वह भी एकांगी जीवन से मुक्त हो सकें।"

दीपा का इतना कहना था कि बड़ी जेठानी चिल्ला उठीं, "लड़की, तुझे पता है तू क्या कह रही है? कल तेरा ब्याह हुआ है और आज बड़े जेठ की शादी की बात कर रही है? विधवा से विवाह करवा के खानदान की नाक कटानी है क्या? पहली आँखों के सामने दूसरे आदमी के साथ भाग गई, अब विधवा को लाकर बची-खुची इज्जत नीलाम करा दो।" दीपा ने डटकर जेठानी का प्रतिवाद किया। उसने अपने आवेश को दबाते हुए जेठानी से पूछा, "भाभी, क्या व्यर्थ की सामाजिक मान्यताएँ भइया के जीवन को खुशियों से भर सकेंगी? बड़े भइया की पत्नी ने तो भइया को त्यागकर अपने जीवन पृष्ठ को मनमाने रंगों से रंग लिया और भइया खड़े हैं मरुस्थल के शुष्क वृक्ष की भाँति। वह मनमाना जीवन जी रही है और भइया परिवार सुख से वंचित हैं। अपने ही घर में वनवास भोग रहे हैं। जब हम सब अपने-अपने परिवार के साथ हास्य-विनोद कर रहे होते हैं, भइया मूक-दर्शक की भाँति ऊपर पुस्तकों में डूबे रहते हैं। और फिर शीला विधवा हो गई तो यह विधि का विधान है, वह स्वयं इसके लिए दोषी नहीं है। वह जीवनपर्यंत शापित जीवन क्यों भोगती रहे? यदि दो दुःखी हृदय एक दूसरे का अवलम्बन बन शेष जीवन व्यतीत कर सकें तो क्या वह अपराधी हैं? भइया और शीला को उनके सुख से वंचित करने का हममें से किसी को कोई अधिकार नहीं है।"

बड़ी भाभी यह सब सुनकर पहले तो जलते कोयले की तरह सुलगती रहीं, परंतु दीपा के अंतिम तर्क ने जैसे अंगार पर पानी छिड़क दिया। दीपा का अदम्य साहस देखकर सभी चकित थे और साथ ही महसूस कर रहे थे कि वास्तव में उन सबको बड़े भइया से लेने की आदत-सी पड़ गई है। उनके जीवन को खुशियों से भरना उन सबका कर्त्तव्य है, परंतु बड़ी भाभी

की कठोर मुद्रा उनके साहस को रोक रही थी। सबकी नजरें बड़ी भाभी पर थीं।

बड़ी भाभी कुछ देर तक अति गंभीर मुद्रा में बैठी रहीं। अंततः उठीं, घर के भीतर गईं और कपड़े बदलकर आ गईं। सभी हतप्रभ रह गए। ऊपर बड़े भइया साँस रोके सब कुछ देख रहे थे। सहसा सुरेश ने पूछा, "भाभी कहाँ जा रही हैं आप?" भाभी अपने ही निर्णय पर गद्‌गद होते हुए बोलीं, "अरे भई, कन्या के पिता से बात करनी है, पण्डितजी से शुभ मुहूर्त निकलवाना है।" सुनते ही समस्त परिवारजनों पर मानो ठंडे पानी की फुहार पड़ गई। ऊपर खड़े बड़े भइया सोच रहे थे कि उनकी पत्नी नमिता एक उमसभरी रात को उनका परित्याग करके गई थी, वह उमस उनके समस्त जीवन पर, उनके सम्पूर्ण अस्तित्व पर छा गई थी। आज मानो सावन की शीत झड़ी उसकी समस्त उष्णता पी गई हो– अब चारों ओर है हरियाली और ठंडक। वह धीरे-धीरे सीढ़ियाँ उतरकर आँगन में आए और सबके बीच बैठ गए और दीपा के सिर पर हाथ रखकर बोले, "आज एक पिता ने नहीं, बल्कि एक पुत्री ने पिता को प्रेम का प्रतिदान दिया है।"

जानकी

हाल ही में मेरा तलाक हुआ था। मैं किस भीषण मानसिक यंत्रणा से गुज़र रही थी यह केवल वही जान सकता है जो इस प्रक्रिया से गुज़रा हो। घर के सभी सदस्य दबाव डाल रहे थे कि मैं जीवन को एक नये सिरे से आरम्भ करूँ। परन्तु मात्र एक वर्ष में ही अर्धविक्षिप्त पति द्वारा दी गई यंत्रणाओं ने मुझे हताश कर दिया था। इन सबसे मुक्ति पाने के लिए ही मैंने मुम्बई छोड़कर मध्यप्रदेश के एक छोटे-से शहर खण्डवा में कुछ दिन रहने का निर्णय ले डाला। यहाँ हमारा पुश्तैनी मकान था जिसका नीचे का भाग किराये पर दिया हुआ था और ऊपर दो कमरे खाली पड़े थे। घरवालों के विरोध की अवहेलना कर मैंने यहीं डेरा डाल दिया था।

इस घर की बनावट ही कुछ इस प्रकार की थी कि ऊपर कमरों के बाहर खुली छत पर बैठकर नीचे आँगन और आँगन के उस पार बने कमरों के भीतर भी देखा जा सकता था और सारी बातें भी सुनी जा सकती थीं। परन्तु मेरा निराश मन सारे मुहल्ले के प्रति उदासीन था। फिर भी मैं अपने किरायेदार की चौंतीस वर्षीया कन्या 'जानकी' के प्रति उदासीन न रह पाई। वह प्रतिदिन सुबह दस बजे दफ्तर के लिए मोटरसाइकिल पर निकलती और ठीक पाँच बजे दफ्तर वापिस लौटती। मोटरसाइकिल की 'भड़--भड़' करती कर्कश आवाज सारे मुहल्ले का ध्यान भंग करती और इस मोटरसाइकिल की स्वामिनी जानकी समस्त मुहल्ला निवासियों के लिए हास्य का पात्र बनी हुई थी। विधाता की इस अनगढ़ कृति को देख कर मैं स्वयं भौचक्की रह गई थी। मनोरम प्रकृति का सृजन करने वाला कुशल-चितेरा क्या ऐसी प्रतिमाएँ भी गढ़ता है? आस-पास रहने वाले चपल किशोर-किशोरियों द्वारा दिये गये हास्यास्पद सम्बोधन भले ही किसी के मन में गुदगुदाहट उत्पन्न करें परन्तु मेरे मन में टीस मार गए, और उस भावहीन, कुरूप, सपाट चेहरे के प्रति सहानुभूति उपजा गए। शायद मन के भीतर का दुःख ही सहानुभूति बनकर उमड़ता है।

गली की उद्दण्ड किशोरियाँ ही मुझे यदा-कदा जानकी के बारे में सूचनाएँ दे जातीं कि अब तक तेरह वीर पुरुष आ चुके हैं परन्तु जानकी को पत्नी रूप में स्वीकार करने का साहस कोई नहीं जुटा पाया। वह मज़ाक उड़ाती न जाने कब राजा राम अवतरित होंगे, और जानकी के भाग्य के द्वार खुलेंगे और अपने ही द्वारा किये गए उपहास पर खिलखिलातीं।

मैं भी ऊपर से देखती कि जब भी कोई जानकी को देखने आता, वह निर्विकार भाव से उनके सामने जाती और उनके द्वारा नकारे जाने पर संज्ञा शून्य-सी अपनी दिनचर्या में लग जाती। सारे घर में चुप्पी छा जाती। दो चार दिन तक माँ पल्लू से आँखें पोंछती रहती, पिता शून्य मे ताकते रहते, परन्तु भाभी उसे बहलाने के लिए आगे-पिछे डोलती रहती। थोड़े दिन पश्चात् फिर वही खोज का सिलसिला शुरू हो जाता।

जानकी के मन में क्या चल रहा है किसी को समझ न आता था। घर के अन्दर ही नहीं मुहल्ले में भी हलचल मच गई जब जानकी ने ऐलान कर दिया कि अब उसके लिए वर ढूँढ़ने के अभियान पर पूर्ण विराम लगा दिया जाये। सुनकर माँ के होश उड़ गए। पिता आगबबूला हो उठे, परन्तु भाभी का स्मित गहरा हो गया।

एक दिन शाम को जब मोटरसाइकिल की भड़-भड़, घूँ-घूँ सुनाई नहीं दी तो सारे मुहल्ले को विचित्र-सा लगा। हम सब हक्के-बक्के रह गए जब थोड़ी देर बाद ही जानकी पाँच-छः महीने के शिशु को लेकर रिक्शे से उतरी। किशोर मण्डली कटाक्ष से मुस्कुरा रही थी और बड़े-बूढ़ों ने तेवर चढ़ा लिये थे। माँ और बाबू जी ने चिल्लाकर पूछा था, "यह किसका पाप ले आई है?" जानकी ने तीखे स्वर में उत्तर दिया, "यह मेरा बेटा है, मैंने इसे अनाथालय से गोद लिया है।" मुहल्लेवाले भी आँगन में आ जुटे थे। सब ने दाँतों तले उँगली दबा ली, "अब कुँवारी लड़की माँ कहलायेगी? समाज और रीति-रिवाजों की दुहाइयाँ दी गईं, परन्तु जानकी टस से मस न हुई। भाभी ने उसे घर से निकल जाने की धमकी दी तो वह भड़क गई, "क्यों भाभी तुम्हारे मंसूबों पर पानी फिर गया क्या, इसीलिए खिसिया रही हो? भइया को तुम क्या पट्टी पढ़ा रही थी कि जानकी ऑफिस से लोन ले ले तो हम बाबू जी की जमीन पर मकान बनवा लें? मेरी जमा पूँजी तुम्हारी बिटिया के विवाह पर काम आएगी? अब मेरी सारी कमाई मेरे बेटे के नाम है क्योंकि मैं ही इसकी माँ हूँ, और मैं ही पिता। मेरी आर्थिक सबलता और मेरा दृढ़ निश्चय देखकर ही अनाथालय अधिकारियों और कोर्ट ने यह बच्चा मुझे

दिया है।" सभी एकमत थे कि बच्चा वापिस कर दिया जाए। परन्तु जानकी अडिग रही। वह तड़पकर बोली, "आज सब लोग मेरे बारे में निर्णय लेने आ पहुँचे हैं। वर्षों से सारे मोहल्ले के उपहास की पात्र बनी हुई हूँ। बार-बार वर पक्ष द्वारा नकारे जाने का अपमान सह रही हूँ। विवाह को ही एक मात्र लक्ष्य बना लूँ? क्या विकल्प नहीं ढूँढ़े जा सकते? माँ-बाप इस इन्तजार में बैठे हैं कि कब यहाँ से बिदा होऊँ और भाई-भाभी मेरा पैसा हड़पने के इन्तजार में बैठे हैं। कोई तो संबल चाहिए जीने के लिए। मैं बहुत लम्बी बहस के बाद अनाथालय अधिकारियों और न्यायालय को विश्वास दिला पाई हूँ कि मैं माँ और पिता दोनों का उत्तरदायित्व निभाने में समर्थ हूँ। अब मैं इस निर्णय को नहीं बदल सकती। इस अनाथ को सहारा देना ही मेरे जीवन का लक्ष्य है– शेष जीवन मैं इसके सहारे ही व्यतीत कर दूँगी।" इतना सब सुनने के बाद भी कोई सहमत न हुआ।

इस घटना के बाद जानकी हास्य-उपहास के साथ लांछनों की अधिकारिणी भी बन गई। उसका पुत्र भी तिरस्कार का भागीदार हो गया था। कोई भी इस तथ्य को स्वीकार नहीं कर पा रहा था कि एक कुँवारी लड़की बालक गोद ले सकती है।

लेकिन इन सब विवादों का अन्त बड़े ही नाटकीय ढंग से तब हुआ जब मुहल्ले में आये एक नये किरायेदार ने सबके समक्ष यह स्वीकार किया कि वास्तव में यह बालक उसका पुत्र है– उसके गुप्त प्रेम विवाह की परिणति है। प्रसव के समय पत्नी के अचानक देहान्त हो जाने के कारण वह उसे अनाथालय छोड़ आया था। अब वह बालक और उसकी माँ जानकी को स्वीकार करने का इच्छुक है क्योंकि वह अपनी कायरता पर शर्मिंदा है और जानकी के साहस की कद्र करता है।

जानकी यह सब सुनकर भड़क गई लेकिन पूछताछ के बाद उसे विश्वास आ गया कि यह बालक उसी व्यक्ति का पुत्र है परन्तु वह विवाह के लिए हरगिज तैयार नहीं हो रही थी। सबके समझाने पर अन्त में वह सहमत हो गई। एक सादे समारोह में यह विवाह सम्पन्न हो गया और साथ ही इतिश्री हो गई समस्त विवादों की, लांछनों की और उपहासों की।

छत पर बैठी मैं जानकी के जीवन की रूपरेखा देखकर सोच रही थी कि जीवन में घटनाएँ क्रमवार ही नहीं होतीं– किसी-किसी का जीवन विपरीत क्रम में भी चलता है। यदि अन्त में घटनाएँ अपना सही आकार ले लें तो भी जीवन सफल हो सकता है। शायद यह निष्कर्ष मैं स्वयं पर लागू कर रही थी।

एक दर्दनाक भूल

"विक्की ने आत्महत्या की कोशिश की" यह समाचार सुबह छः बजे से ही सारी बिल्डिंग में जंगल की आग की तरह फैल गया। सभी हक्के-बक्के रह गए। सीधा-सादा दिखने वाला विक्की यानी विकास ऐसा भी कर सकता है, किसी को विश्वास ही नहीं आ रहा था। विश्वास आता भी कैसे? बिल्डिंग में मात्र छः फ्लैट्स हैं और कई वर्षों से हम संयुक्त परिवार की भाँति रह रहे हैं। सुख-दुख के भागीदार। चोट एक को लगती, दर्द सब को होता। खुशी एक घर में आती, ठहाके शेष घरों में लगते। समस्त परिवार भरे-पूरे, बस केवल विक्की का ही परिवार है आधा अधूरा। मुझे आज भी याद है लगभग अठारह वर्ष पहले जब मेरे पड़ोस के फ्लैट में अनीता आई थी दो वर्ष के विक्की को लेकर। पति की अचानक मृत्यु के कारण सरकारी बँगला छोड़कर इस छोटे-से फ्लैट में आना पड़ा था उसे।

आरम्भ के अनजान सम्बन्ध कब अनौपचारिक हुए और कब अपनत्व में बदले किसी को आभास तक न हुआ। कितना समझाया था हम सबने अनीता को कि शादी कर ले, अभी तेरी उम्र ही क्या है? विक्की को भी तो पुरुष संरक्षण चाहिए। पर अनीता न मानी। उसके लिए तो विक्की ही एक उम्मीद था। अनीता कॉलेज में प्रवक्ता थी। उसने विक्की को पढ़ाने में कोई कसर न छोड़ी थी। कक्षा में सदैव प्रथम रहने वाला सीधा-सादा भावुक किस्म का विक्की सभी बच्चों के लिए आदर्श स्वरूप था। इंजीनियरिंग का अन्तिम वर्ष था यह उसका। अनीता संतुष्ट थी। अपनी साधना सफल होती नजर आ रही थी। बस यही ख्वाब देखती कि विक्की इंजीनियर हो जायेगा, उसकी शादी होगी, घर आँगन खुशियों से भर जायेगा।

सब कुछ तो ठीक चल रहा था। आखिर विक्की ने आत्महत्या क्यों की? न अनीता समझ पा रही थी, न हम सब। विक्की शरमिंदा न हो इसलिए हम लोग अस्पताल उसके पास न गए। बस भाग दौड़ करते रहे। स्थिति खतरनाक थी। नींद की गोलियों की पूरी शीशी ही गटक गया था।

डॉक्टरों के अथक प्रयास, पुरुषों की भागदौड़ और महिलाओं की दुआ-प्रार्थना का असर यह हुआ कि शाम को छः बजे जब डॉक्टरों ने यह कहा कि "अब मरीज़ खतरे से बाहर है," तब जाकर साँस में साँस आई।

लगभग बीस दिन के बाद जब माँ-बेटा सामान्य हुए, अनीता मेरे घर आई। हम सब खुश थे कि आई विपत्ति टल गई। लेकिन अनीता ने जो कुछ बताया वह मुझे दहला गया। एकदम टूटी-सी आवाज में बोली, "दीदी मैं तो लुट गई। मेरा तो सब कुछ बरबाद ही हो गया....।" मैंने गुस्सा करते हुए कहा, "बहुत अजीब हो तुम। ईश्वर का लाख-लाख धन्यवाद करो कि विक्की बच गया। हमारी तो जान में जान आई है। उसे कुछ हो जाता तो तुम्हारी तो सारी जिन्दगी की मेहनत कुएँ में पड़ जाती। बच्चे ने एक गलती कर दी है, उसे भूल जाओ और विक्की को भी भुलाने में मदद करो। हम सब तुम्हारे साथ हैं।"

इतना सुनते ही वह फूट-फूटकर रोने लगी, "दीदी बात इतनी-सी होती तो मैं तुम्हारा मुँह लड्डुओं से भर देती। यहाँ तो दुखों की शुरुआत है अभी। दीदी, विक्की को तो एड्स है....।" मैं भौचक्की रह गई। हैं! यह क्या कुबोल बोल रही है? शरम नहीं आ रही ऐसी गन्दी बीमारी का नाम तक मुँह पर लाते हुए। हम शरीफों के घर इस नामुराद बीमारी का क्या काम? और वह भी विक्की को? देख, मुझे तो कह दिया किसी के सामने इस बेशरम बीमारी का जिक्र भी न करना....।

"दीदी, उसे यह बीमारी है। यह देखो डॉक्टरी रिपोर्ट– एच.आई.वी. पोजिटिव, देख रही हो न? और यह रहा विक्की का स्यूसाइड नोट, लो पढ़ो।"

पढ़कर तो मेरे रोंगटे खड़े हो गए। हे ईश्वर! यही तेरा न्याय है? मात्र बाईस वर्ष की उम्र में इस बेचारी से तूने इसका पति छीन लिया। कैसे इसने इस मासूम बच्चे को पाला है यह हमसे बेहतर कौन जानता है? इस बच्चे पर तो हम सब ने प्यार उड़ेला है। यह खबर बीस वर्षों के प्यार को ही मटियामेट न कर दे। छूत की बीमारी! हे राम!

मैं तो एड्स का नाम सुनकर ही अंधे कुएँ में डूबी जा रही थी कि अचानक अनीता की हिचकियाँ सुनकर वर्तमान में लौट आई।

फिर मैंने कड़ककर उससे पूछा, "यह बीमारी उस तक पहुँची कैसे? उसे तो कभी खून भी नहीं चढ़ा अस्पताल में? उत्तर में उसने विक्की की डायरी पकड़ा दी। मैं एक साँस में पढ़ गई। डायरी पढ़ते-पढ़ते इतने वर्षों

का संचित प्यार पहले दुःख, फिर क्रोध की सीढ़ियाँ लाँघता हुआ अब मेरे अन्दर दावानल भड़का रहा था।...." यह काम, यह कुकृत्य हमारे इस शर्मीले बच्चे ने किया है? छीः, मुझे घिन्न आ रही है अनीता! हमारा बच्चा यह कुकर्म भी कर सकता है? उफ! हमने इसे बचाया ही क्यों? इस छूत से हम अपने बच्चों को कैसे बचायेंगे? इस कुकर्म का प्रभाव हमारे बच्चों पर भी पड़ेगा।" मेरे अन्दर भीषण जुगुप्सा जाग रही थी।

"दीदी, कुछ तो राह होगी..। उसने तो अपराध मानकर ही आत्महत्या की, हमने उसे बचाया है। दीदी, उसके दोस्तों का भी कसूर है। उसे ज़बरदस्ती शिमला ले गए। यदि मुझे तनिक भी आभास होता तो मैं उसे हरगिज़ न जाने देती। पहली बार उसने मुझसे बाहर जाने की इज़ाज़त माँगी, सब ने मुझे यही सलाह दी कि अब वह बड़ा हो गया है कब तक उसे आँचल से बाँधे रहोगी, जाने दो उसे। मुझे क्या पता था कि यह लड़के अकेले बाहर जाकर मौज-मस्ती करते हैं पहली बार तो भेजा था उसे। देखो तो, डायरी में भी विक्की ने लिखा है, "मैंने शिमला जाने की जिद इसलिए की मम्मी क्योंकि मेरे दोस्त मुझे 'छोटा बच्चा', 'माँ का पल्लू पकड़ने वाला' इत्यादि संबोधनों से पुकारते थे। मुझे नहीं मालूम था कि यह कैसी छुट्टियाँ बिताते हैं। मुझे मेरे दोस्तों ने पहले तो जबरदस्ती शराब पिलाई, फिर कुछ लड़कियाँ आ गईं कमरे में, मैं तो उनमें से किसी को जानता तक न था। सुबह सब गायब थीं...।" आगे की पंक्तियाँ पढ़कर मेरा कलेजा पसीज गया. ... "माँ मैं अब जान गया हूँ तुमने डैडी के जाने के बाद बरसों बाद आत्म-नियंत्रण का कष्ट कैसे झेला है, मैं तो एक ही दिन में आत्म-नियंत्रण खो बैठा। तुमने तो अपना सारा जीवन मेरा जीवन सँवारने में बिता दिया उसी साधना और लगन से जैसे पुजारी नित्य मंदिर में दीया जलाता है। अपनी साधना का इतना घिनौना परिणाम सहना तुम्हारे लिए कितना कष्टकर होगा, यह मैं समझ सकता हूँ। तुम माँ हो, सब कुछ जानकर भी मुझे बचाने का प्रयास मेरी अंतिम साँस तक करोगी, लेकिन इस महँगे इलाज में तुम्हारी पाई-पाई होम हो जायेगी। मेरा शारीरिक कष्ट दिन पर दिन बढ़ेगा। उसकी पीड़ा प्रतिपल तुम्हारी आँखों में देखूँगा और आत्मग्लानि में डूबता जाऊँगा। सब कुछ भूलकर अपना तन-मन-धन होम कर दोगी मुझे बचाने के लिए। मेरे चारों ओर पल-पल मृत्यु का आलिंगन कसता जायेगा। तुम्हारा प्यार भरा हाथ मेरी पकड़ से छूटता जायेगा। सपने ठंडे पड़ते जायेंगे। इतना मानसिक कष्ट न तुम सह पाओगी न मैं। जब मेरी मृत्यु

निश्चित ही है तो एक ही झटके में जीवन का अंत क्यों न कर दूँ? तुम्हारे जीने के लिए मेरा सहारा न सही– संचित धन तो रहेगा। इतनी बड़ी चोट देकर मैं तुमसे क्षमा नहीं माँगूँगा...।" आगे के शब्द मैं न पढ़ सकी और विक्की को गले लगाने दौड़ पड़ी।

फूट-फूटकर रोया था विक्की। सैलाब ही उमड़ा आया था आँखों से। मैंने उसे बहुत समझाया, "बेटा, तुम तो पढ़े लिखे हो, जानते हो यह बीमारी लाइलाज नहीं है, अब तो इसकी दवाइयाँ भी उपलब्ध हैं, कहते हैं यह छूत की बीमारी भी नहीं... इस पर वह बोला, "आंटी कितनी महँगी दवाइयाँ हैं, मरीज के साथ कितनी मेहनत करनी पड़ती है, कितना कमजोर, बेकार और लाचार हो जाता है मरीज़। और फिर इस कुकृत्य के पश्चात् आप सबसे आँख मिलाने के काबिल कहाँ रहा हूँ मैं?" सुनकर मेरा कलेजा दहल गया। उसे हौसला देते हुए मैं बोली, "बेटा, जिस भूल को कबूल कर लिया जाये, जिसका पश्चात्ताप कर लिया जाये वह भूल नहीं रहती और फिर यह मत सोचो कि तुम्हारी माँ अकेली है। तुम अस्पताल में पड़े थे हमारे तो हलक से खाना नहीं उतरा। हम सब मिलकर यह खर्चा उठायेंगे, तुम्हें यूँ ही थोड़े न मौत को गले लगाने देंगे, आयु के जितने वर्ष शेष हैं उतने तो कोई नेक काम करके जिये जा सकते हैं?"

"नेक काम? मैं क्या कर सकता हूँ आंटी? मैं तो नकारा बन गया हूँ, बोझ बन गया हूँ। दिन पर दिन इतना कमजोर होता जाऊँगा कि कुछ करने-सोचने लायक न रहूँगा।" वह हताश हो रहा था।

हिम्मत बँधाते हुए मैंने कहा, "ऐसा क्यों सोचते हो? माँ की आँखों के सामने तो रहोगे। बैठे-बैठे अपने उन भाइयों को कुछ समझा सकते हो जो अभी इन सब बातों से अनजान हैं। इस दिशा में औरों को समझाकर जीवन को सार्थक बना सकते हो।"

"क्या आप इस काम मे मेरी मदद करेंगी?"

"हाँ अवश्य! मैं ही नहीं तुम्हारे भाई-बहन सब तुम्हारे साथ हैं?"

सुनते ही इस भूल के दर्द के पश्चात्ताप के साथ ही मैं उसकी आँखों में जीने की आशा भी साफ देख रही थी।

एक और गांगेय

दिसम्बर का महीना था। रात के नौ बजे थे मगर दिल्ली की सड़कें धुंध और कोहरे से ढकी थीं। नितिन और अंजली रेस्टोरेण्ट से खाना खाकर जैसे ही बाहर निकले उन्हें इस ठंड की तीव्रता का एहसास हुआ। यह उन दोनों का पिछले एक वर्ष से नियमित कार्यक्रम चला आ रहा था। शनिवार की रात दोनों साथ खाना खाते थे। उसके बाद पैदल चलकर अंजली को उसकी गली के नुक्कड़ तक छोड़कर नितिन बस पकड़कर घर आ जाता। घर लौटना दोनों को ही बेहद उबाऊ लगता। दोनों का ही आधा-अधूरा परिवार था। अंजली को पिता के देहान्त के बाद घर काटने को दौड़ता था और नितिन को माँ का अभाव खलता था। शायद एक समान मनःस्थिति ही दोनों को निकट ले आई थी।

रेस्टोरेण्ट से बाहर निकलते ही अंजली ने आग्रह किया था कि वह घर चलकर माँ से मिल ले। अभी तक दोनों के माता-पिता उनके संबंध से अन्जान थे। नितिन जानता था कि जबसे उसने विदेश जाकर आगे पढ़ने का विचार किया है, अंजली उदास हो उठी थी और शीघ्र ही विवाह करना चाहती थी। नितिन ने इतनी रात में उसके घर जाना उचित न समझा। उसने अंजली से वादा किया कि कल, यानी इतवार को पहले वह अपने पापा से बात करेगा। अंजली आश्वस्त हो गई और नितिन बस स्टॉप की ओर मुड़ गया।

आज नितिन को माँ की बहुत याद आ रही थी। एक माँ ही तो थी जिससे वह मन की बात कह सकता था। माँ और पापा में कभी निकटता नहीं रही। माँ के जीवित रहने और न रहने से पापा के जीवन में कोई अन्तर नहीं आया। वह दोनों आपस में बहुत कम बोलते थे। वह छोटा था– इन बातों को समझने लायक उम्र न थी, परंतु दोनों के बीच संवाद-शून्यता, माँ के कातर, उदास और व्यथापूर्ण नेत्र– दोनों के संबंधों का उत्तर थे। माँ तो अपनी व्यथा से मुक्ति पा गई, पर उसे नियति के हवाले कर गई। पापा

उसके निकट रहकर भी बेगाने-से हैं। यह बेगानापन किस कारण का परिणाम है इसे वह आज तक नहीं जान पाया।

आज उसका मन हो रहा था कि वह ईश्वर से पूछे कि माँ उसे इतनी जल्दी अकेला छोड़कर क्यों चली गई। माँ-बेटे का एक छोटा-सा संसार था। पापा की विमुखता के कारण ही शायद माँ ने स्वयं को पुस्तकों और नितिन में रमा लिया था। नितिन के स्वभाव की सरलता और भोलापन देख माँ चिन्तित हो जाया करती थी। अक्सर कहा करती थी, "तू जमाने की चतुराई नहीं सीखेगा तो लुटता ही रहेगा। चतुराई सीख, नहीं तो सफल नहीं हो पाएगा।" एक वाक्या याद करके नितिन को स्वतः ही हँसी आ गई। एकबार माँ ने 'महाभारत' की एक सरल भाषा में लिखी प्रति लाकर थमाई थी और कहा था, "तू यह पढ़ और कौरवों की चतुराई सीख और कृष्ण की वाक्पटुता।"

परंतु माँ हतप्रभ रह गई थी जब पुस्तक समाप्त करने पर नितिन ने हुलसकर कहा था, "माँ भीष्म जैसा चरित्र तो पूरी महाभारत में दूसरा नहीं। भीष्म तो मेरे आदर्श हो गए।" माँ तो माथा पकड़कर बैठ गई थी, "तू इस युग में पैदा होने लायक नहीं था। तू भीष्म बनकर अपना सर्वस्व लुटाता रहेगा, यहाँ कदम-कदम पर तुझे हठी कौरव मिलेंगे, तू कैसे निपटेगा उनसे?" शायद माँ अपने जीवन में बहुत कुछ खो चुकी थी, वह चाहती थी नितिन चतुर बने। नितिन को स्वयं ही नहीं मालूम था कि घर आकर जिस सच्चाई से उसका साक्षात्कार होने वाला है वह बलात् ही उसके जीवन को इन ठंडी सड़कों के समान वीरान बना देगी।

घर के बरामदे में जैसे ही नितिन ने कदम रखा, भीतर ड्राइंगरूम से पापा की जोर-जोर से बोलने की आवाज आ रही थी। वह जानता है कि पापा के कुछ मित्र प्रत्येक शनिवार को उसके घर आते हैं और उनके साथ ताश खेलने और पीने-पिलाने का कार्यक्रम चलता है। नितिन सदा ही इसे नापसन्द करता आया है। इसीलिए वह घर से बाहर चला जाता है। आज तो ऐसा लग रहा था कि पापा के हृदय की पीड़ा सैलाब बनकर बह रही है। वह जोर-जोर से कह रहे थे, "जानते हो, मेरी जिन्दगी में मेरी पत्नी और बेटा दोनों ग्रहण बनकर छाये हैं और यह ग्रहण लगाने वाले कोई और नहीं, मेरे पिता हैं। उन्होंने जबरदस्ती मेरा विवाह दमयन्ती से करवाकर सुलभा को मुझसे दूर कर दिया। अमीर दमयन्ती से गरीब सुलभा हार गई। मैं विरोध करने की हिम्मत न जुटा पाया और दमयन्ती से विवाह कर

लिया। उस दिन मुझे लगा था कि मुझे लकवा मार गया है। कसम से, विवाह के बाद न सुलभा ने मेरी खबर ली न मैंने उसका पता। लेकिन नियति का खेल देखो, इधर दमयन्ती दुनिया छोड़कर गई और उधर एक वर्ष बाद सुलभा का पति नहीं रहा। मैंने तो पाँच वर्ष पूर्व यह खबर अखबार में पढ़ी और उसी के द्वारा मुझे उसके घर का पता मिला।''

थोड़ी देर चुप्पी छाई रही, फिर पापा की आवाज आई, ''मैं सुलभा से मिलने गया। बदकिस्मती देखो, ईश्वर ने इतने वर्षों के बाद हमारा रास्ता साफ कर दिया, लेकिन उसकी बेटी अंजली और मेरा बेटा नितिन– दो भीमकाय शिलाएँ बनकर हमारी खुशियों के दरवाजे पर खड़े हैं। दोनों विवाह योग्य हैं। इनके विवाह से पूर्व हम विवाह करें तो बदनामी और इनके विवाह के पश्चात् करें तो शर्म। यह दोनों अपनी-अपनी दुनिया बसा लेंगे और हम? फिर सिफर– जीरो।''

बाहर खड़ा नितिन यह सब सुनकर जड़ हो गया। यह क्या? यह भावनाओं का कैसा समीकरण है? अब तो रिश्तों का अर्थ ही बदल गया! इस शतरंज में कौन बाजी हारेगा और कौन जीतेगा? नितिन के मस्तिष्क में अंधड़-सा चल गया। उसे ऐसा प्रतीत हो रहा था मानो वह समुद्र की भुरभुराती रेत पर खड़ा बिना प्रयास समुद्र की ओर खिंचा चला जा रहा है। अग्नि की लपटें भभक-भभककर उसके हृदय से उठकर मस्तिष्क पर गहराती जा रही थीं।

नितिन के मनोमस्तिष्क में एक ही विचार शोर मचा रहा था– यह सूर्य, राहू, शनि– समस्त पृथकताजनक गृह उसकी कुण्डली में क्यों आकर जम गए– पिता से, माँ से, मित्रों से और अब अंजली से भी पृथकता। यह नियति की सरासर साजिश है जो रोशनी की एक किरण आने पर पुनः उसे अंधी खोह में ढकेल देती है– जहाँ उसे अपना अस्तित्व अँधेरे में घुलता-सा प्रतीत होता है। यह सत्य है कि उसने इन अँधेरों को ढकेलने का सदा प्रयत्न किया है, परन्तु यह जो यक्ष प्रश्न उसके जीवन की सच्चाई के सामने आकर खड़ा हो गया है। क्या वह युधिष्ठिर बनकर उसका उत्तर दे पाएगा ?

नितिन के पिता जिस विक्षिप्त-सी अवस्था में अपने मन की पीड़ा उड़ेल रहे थे वह उसे कुरु महाराज शान्तनु की याद दिला रही थी, जिन्हें अपने शयन-कक्ष में केवट पालक-पुत्री सत्यवती के लिए तड़पते हुए गंगापुत्र भीष्म ने देख लिया था और पिता की खुशी के लिए प्रकृति के

विरुद्ध उनके लिए पत्नी जुटाकर स्वयं को आजीवन ब्रह्महचारी रखने और राज्य से वंचित रखने की प्रतिज्ञा ली थी। तो क्या उसे भी भीष्म बनना होगा?

कई दिनों तक वह इस द्वन्द्व में फँसा रहा। उसे इसका कोई हल सूझ नहीं रहा था। आज उसे माँ की भविष्यवाणी में सच्चाई नजर आ रही थी। पिता के लिए मार्ग से हटता है तो अंजली को त्यागने के विचार मात्र से ही निष्प्राण-सा हो जाता है– यदि अपनी खुशियों को मुट्‌ठी में बन्द करता है तो पिता के हृदय का हाहाकार उसे विचलित करता है।

उसके स्वयं के हृदय की पीड़ा उसे यह महसूस करा गई कि मात्र दो वर्ष पुराने संबंध उसे इतनी पीड़ा दे रहे हैं, पापा के तो कई वर्ष पुराने सम्बन्ध हैं– उसकी तड़पन कितनी तीव्र होगी। यह विचार आते ही उसे अचानक ऐसा लगा मानो भीषण तूफान, झंझावात, अंधकार और भयंकर शोर के पश्चात् आकाश ने अँधेरी काली चादर को उलट दिया और चारों ओर श्वेत, निर्मल, स्वच्छ उजाला भर गया हो। और उसने फैसला ले लिया।

नितिन अगले ही दिन अंजली से मिला। उसे पूरी बात बताई, साथ ही समस्या का हल भी सुझाया। उसने अंजली से स्पष्ट शब्दों में कहा कि माता-पिता को एक करने के लिए हमें अपने रिश्ते को खत्म करना ही होगा। सुनकर अंजली का तो सर्वांग ही काँप गया। उसे ऐसा महसूस हुआ जैसे पेड़ से लिपटी लता को कोई झटके से काटकर धराशायी कर गया हो।

दूसरी ओर, वह माँ के जीवन की शून्यता भी भरना चाहती थी। माँ के भविष्य को भी सुखी और सुरक्षित करना चाहती थी लेकिन माता-पिता के मिलन के पश्चात् उसके और नितिन के रिश्ते की बदली हुई संज्ञा उसे विचलित कर रही थी। नितिन का तर्क था कि हमारी युवावस्था हमारे सामने अनेक मार्ग खोल सकती है पर उन दोनों की अधेड़ अवस्था केवल एक ही खुले द्वार पर आकर रुक जाती है। हमारे पास विकल्प हैं – उनके पास कोई विकल्प नहीं। दोनों की खुशियों के सामने अपनी खुशियों की तुच्छता महसूस करते हुए दोनों ने अलग होने का निर्णय ले लिया।

नितिन ने अपना अमेरिका जाने का प्रबंध कर लिया और अचानक पिता को अपने निर्णय से अवगत करवाकर उन्हें हैरानी में डाल दिया। वह भारी मन से उसे एयरपोर्ट से विदा कर घर आए। आज उन्हें अहसास हो

रहा था कि किसी अपने का अपने इर्द-गिर्द होने का और न होने के मूल्य में क्या अन्तर है और वह भी तब जब कोई अपना बिना कुछ कहे जिन्दगी से बाहर हो जाये।

वह भारी कदमों से अपने कमरे में पहुँचे तो मेज पर रखे पत्र ने उन्हें चौंका दिया। पत्र नितिन का था। पत्र में लिखा था,

''प्रिय पापा,

मेरे विदेश जाने के निर्णय से आप चकित अवश्य होंगे परंतु मैंने यह निर्णय बहुत सोच-समझकर लिया है। पापा, आप नशे की हालत में अपने हृदय की पीड़ा जिस खुले रूप में अपने मित्रों से कह रहे थे, उसने मेरे जीवन को अचानक एक घुमावदार मोड़ दे दिया है। पापा, विडम्बना यह है कि आप सुलभाजी को अपने जीवन में शामिल न करने की पीड़ा वहन करते रहे और मैं स्वेच्छा से अंजली को पृथक् कर रहा हूँ। पापा, चाहता तो था कि सत्यवती की भाँति सुलभाजी को आपके चरणों में लाकर रख दूँ, लेकिन मैं गांगेय बन प्रकृति के विरुद्ध यह काम नहीं करना चाहता और न ही शापित जीवन भोगना चाहता हूँ। मैं भीष्म जैसा महान् नहीं कि निर्लिप्त रह पाऊँगा। आप सुलभाजी को अपना लें।

मैं सब कुछ त्यागकर जा रहा हूँ। मोह भी और सम्पत्ति भी। अब अंजली आपकी बेटी हुई और समस्त सम्पत्ति की अधिकारिणी भी। मेरे इस निर्णय में अंजली की भी सहर्ष सहमति है। मैं कभी आपके जीवन में लौटूँगा नहीं। मेरा पता जानने का प्रयत्न न करें, नहीं तो इन नये रिश्तों के धागों में मैं भी उलझ जाऊँगा और आप भी।''

पत्र पढ़ते ही नितिन के पापा फूट-फूटकर रो पड़े। वह विलाप करते जा रहे थे – "इस कलियुग में भी तुमने गांगेय बनकर दिखा दिया मेरे पुत्र– और मैं?" इस प्रश्न का उत्तर स्वयं उनके पास भी न था।

मुआवज़ा

शास्त्रीजी प्रवचन दे रहे थे, "विधाता तो एक ही कलम से सबकी किस्मत लिखता है, हम अपने कार्यों से अपनी किस्मत बनाते या बिगाड़ते हैं," वहाँ उपस्थित सभी औरतें समर्थन में सिर हिला रही थीं मगर शांति के हृदय में जैसे आग लग गई, उसका मन हो रहा था भगवान से चीख-चीखकर पूछे कि बता मैंने कौन-सा बुरा कर्म किया था कि तूने मेरी किस्मत पर ठीकरे मारे?

जब भी शांति ऐसी बातें सुनती, उसका चित्त अशान्त हो उठता, यह सब बातें उसके लिए बहुत सरल और सटीक होती हैं जिसका जीवन निर्बाध चल रहा हो, जो औरत पिछले बीस सालों से अपनी गृहस्थी की गाड़ी खींचने में जानवर की तरह जुती हो– उसके लिए यह शब्द बेमानी हैं। शांति तो इस प्रकार की सभाओं में आना ही नहीं चाहती, मगर अपनी सहेलियों को मना नहीं कर पाती, उनके विश्वास को नहीं तोड़ पाती। वह सब समझती हैं कि सत्संग के प्रवचन शांति के मन की पीड़ा पर ठंडे फाये का काम करेंगे, लकिन वह नहीं जानतीं कि शांति का ईश्वर में विश्वास ही उठ गया है।

विश्वास कैसे नहीं उठेगा? यदि ईश्वर उसके सामने आये तो वह चीख-चीखकर पूछेगी, बता मुझे क्यों मात्र बत्तीस वर्ष की अवस्था में विधवा कर दिया? क्यों मेरे रमेश-सुरेश को अनाथ कर दिया? क्यों मेरे पति को इतनी पीड़ादायक मौत दी? शास्त्रीजी कहते हैं, "हर काम ईश्वर की मर्जी से होता है। उसकी आज्ञा के बिना पत्ता भी नहीं हिल सकता", ठीक है। अगर यही ठीक है तो इसका तो यही मतलब निकला कि मेरे मरद् की मिल में ईश्वर की मर्ज़ी से आग लगी। जीतेजी उसे भट्ठी में झोंक दिया। लाश की पहचान तक न हो पाई। आग ईश्वर की मर्ज़ी से लगी, साया मेरे बच्चों के सिर से उठा और फायदा मिल मालिक ने उठाया। कितनी आसानी से कह दिया हाज़िरी रजिस्टर आग में जल

गया। अधजलों को मुआवज़ा मिला, पूरे जलों का मुआवज़ा डकार गया। मिल मालिक को तो बीमा कम्पनी से मुआवज़ा मिल गया, पर मुझे? मुझे क्या मिला? यह कोल्हू के बैल की ज़िन्दगी? सुबह से रात खटने के बाद मैं अपने मासूम बच्चों को क्या दे पाई हूँ? आधा पेट खाना? आधी-अधूरी पढ़ाई? एक खोली?

शास्त्रीजी कहते हैं, ''भगवान दुःख के बाद सुख देता है, मगर मैं कैसे मान लूँ? मेरे खाते में तो दुःख ही दुःख डाल दिये। मेरा तो दुःख का पन्ना ही पलटना भूल गया। इस जनम में तो मैंने कोई पाप नहीं किया, एक चींटी तक नहीं मारी, पिछले जनम का पता नहीं,'' चलो भगवान तेरी मर्ज़ी थी तूने मेरी माँग सूनी कर दी। पर क्या इतने से तेरा मन नहीं भरा था? तूने मेरी बैसाखी क्यों तोड़ी? हाँ, मेरा बड़ा बेटा रमेश मेरी बैसाखी ही तो था। मैं तो आस लगाए बैठी थी कि कब यह दोनों बड़े होंगे, मेरा सहारा बनेंगे। अच्छी नौकरियाँ करेंगे, दुल्हनें लायेंगे, घर-आँगन खुशियों से भर जायेगा। सच में, शास्त्रीजी की और किसी बात से मैं सहमत होऊँ या नहीं पर एक बात से ज़रूर सहमत हूँ कि ''भगवान् की लाठी में आवाज़ नहीं होती।'' चुपचाप तूने मेरी एक बैसाखी पर लाठी मार दी– मुझे भनक तक न लगी......आह ईश्वर! तुझसे मेरा सुख देखा नहीं जाता न। रमेश ने नौकरी लगते ही शादी कर ली और घर से अलग हो गया। टूट गई मेरी एक बैसाखी।

शायद कसूर मेरा ही था। सुबह से शाम तक चकरघिन्नी की तरह मैं पैसा कमाने के फेर में पड़ी रही। बच्चे अभावों में दिन गुज़ारते रहे। कच्ची उम्र में घर-बाहर के कामों में मेरा हाथ बँटाते रहे। उनके कोमल मन पर बाप की मौत का क्या असर पड़ रहा है, जान ही न सकी। पीछे मुड़कर सोचती हूँ तब समझ में आता है कि रमेश-सुरेश पर इन परिस्थितियों का अलग ढंग से असर पड़ रहा था। छोटे सुरेश के मन को हताशा और निराशा घेरे जा रही थी, दूसरी ओर बड़का रमेश असंतुष्ट, गुस्सैल और मतलबी होता जा रहा था। आज यह अन्तर कितना साफ नज़र आ रहा है। सुरेश माँ के लिए जीना चाहता था– रमेश अपने लिए। सुरेश माँ के आँसू पोंछना चाहता था– रमेश को माँ के हृदय की पीड़ा छू भी न जाती थी। तभी तो वह एक झटके से रिश्तों की डोर तोड़कर चला गया। यह अन्तर शायद बच्चों के बड़े होने पर ही पता चलता है। माँ तो सब बच्चों को एक ही नज़र से पालती है,

लेकिन वही बच्चे बड़े होकर माँ को एक नज़र से नहीं देखते, शायद यही जग की रीत हो गई है।

शांति अपने विचारों के चक्रव्यूह से शायद निकल ही नहीं पाती यदि उसने स्वयं को अपने घर के दरवाजे के सामने न पाया होता। उसे ताज्जुब हो रहा था कि कब वह सत्संग से उठी, घर तक पैदल आई और स्वतः ही घर के सामने आ खड़ी हुई।

घर में घुसते ही सब से पहले उसने भगवान् के सामने हाथ जोड़कर माफी माँगी। यह क्रम भी सालों से चल रहा है। वह पहले तो बच्चे की तरह ईश्वर से झगड़ती है, प्रश्न करती है, उलाहना देती है, जब मन की भड़ास निकल जाती है तो शरमाते हुए मुस्कुराकर हाथ जोड़ कर माफी माँगती है। उसे पूरा विश्वास रहता है कि भगवान उसे माफ कर देंगे।

शांति जब भी कहीं बाहर से घर लौटती है तो घर के अन्दर पसरा सूनापन उसे विचलित कर देता है। ऐसे में रमेश की बेहद याद आती है। बड़ा बेटा होने की ज़िम्मेदारी उठाना तो बहुत दूर की बात है, उसने तो मुड़ कर देखा तक नहीं। अब तो शांति ने इसे भी ईश्वर की मर्ज़ी मान लिया है। वह और सुरेश अकेले जीने की आदत डाल रहे हैं। सुरेश अब उसका पहले से अधिक ध्यान रखने लग गया है, पर उसके कलेजे का एक टुकड़ा जो उसे छोड़कर चला गया है– उसका वह क्या करे, पता नहीं वक्त की मार उस पर ही क्यों पड़ती है।

'वक्त' ज़ेहन में आते ही उसकी नजर घड़ी की ओर उठी तो वह चौंक गई, अरे यह तो साढे छः बजने वाले हैं। साढ़े सात बजे तक सुरेश आ जायेगा। उसका शाम का समय सुनिश्चित है। आते ही वह हाथ मुँह धोकर खाने पर टूट पड़ता है। वह तो कभी इस वक्त स्टेशन नहीं गई पर सुरेश बताता है, "माँ, इस वक्त ऑफिस से घर लौटने वालों का हुजूम होता है। मुम्बई में भीड़ बढ़ गई है। चर्च गेट स्टेशन पर पाँव धरने की जगह नहीं होती। जैसे ही साढ़े पाँच की बोरीवली फास्ट चर्च गेट पर रुकती है, मैं लपककर ट्रेन पर चढ़ जाता हूँ और फटाफट खिड़की वाली सीट पर कब्ज़ा कर लेता हूँ, वरना अँधेरी तक खड़े-खड़े आना बहुत भारी पड़ता है। माँ, जब ट्रेन चलती है और ठंडी हवा का झोंका आता है– तुरंत भूख का अहसास होने लगता है। और मैं यही सोचते-सोचते अँधेरी तक पहुँच जाता हूँ कि तू खाना बनाने में जुटी होगी। आज तूने मेरी पसंद का क्या बनाया होगा...?

इन्हीं खयालों में खोई शांति जल्दी-जल्दी खाना बना रही थी। अभी उसने रोटियाँ सेंकनी शुरू ही की थीं कि दरवाज़ा पीटने की आवाज आई। वह गैस बन्द कर दरवाज़े की ओर लपकी। पड़ोस के मुन्ना की बदहवास आवाज़ आ रही थी, "ताई! ताई! जल्दी दरवाज़ा खोल, गज़ब हो गया, जल्दी कर।"

शांति ने चट से दरवाज़ा खोला। इससे पहले कि वह कुछ पूछती, मुन्ना ने फुर्ती से टी.वी. चालू कर दिया। सामने का दृश्य देख उसके होश उड़ गये। टी.वी. पर बार-बार दोहरा रहे थे, "साढे पाँच बजे की बोरीवली फास्ट में ज़बरदस्त धमाका, धमाका इतना ज़ोरदार था कि मरने वालों की संख्या सैकड़ों में जाने की सम्भावना। सभी चैनल यही ख़बर दिखा रहे थे। शांति का तो कलेजा मुँह को आ रहा था। वह बार-बार यही जाप कर रही थी कि हे भगवान, आज सुरेश की लोकल छूट गई हो, पर भगवान् को तो कुछ और ही मंजूर था।

इतने में फोन की घंटी बज उठी। फोन कूपर अस्पताल से था। उसे बताया गया कि "सुरेश ज़ख्मी हालत में है, फौरन अस्पताल पहुँचें।" एक-एक शब्द शांति के कानों में हथौड़े की तरह बज रहा था। उसे तो अपनी दुनिया ही उजड़ती नज़र आ रही थी।

जैसे-तैसे हिम्मत बाँधकर, वह मुन्ना को लेकर कूपर अस्पताल पहुँची। वहाँ का दृश्य दिल दहला देने वाला था। हड़कम्प मचा हुआ था। लोगों का हुजूम। भागते-दौड़ते डॉक्टर-नर्सें, बदहवास रिश्तेदार, जली हुई लाशें, घायलों की कराहें, मृतकों के अपनों की चीत्कारें, उस पर दवाइयों और जले मांस की मिली-जुली गंध दिलो-दिमाग को झकझोर रही थी। एक-एक बिस्तर पर दो-दो मरीज़-बेंचों, जमीन पर इधर-उधर बिखरे मरीज़। चौकस बन्दोबस्त के बावजूद अपनों को ढूँढ़ पाना मुश्किल हो रहा था। आधे घण्टे की पूछताछ, भाग-दौड़ के बाद एक कोने में पड़े सुरेश को उन लोगों ने उसके अधजले कपड़ों से पहचाना।

सुरेश की हालत देख दोनों की आँखें फटी-की-फटी रह गईं। सुरेश का मुँह झुलस गया था। दायें हिस्से की चमड़ी उड़ गई थी। एक पैर कटकर अलग हो गया था । इस बीभत्स दृश्य को देखते ही शांति बेहोश होकर गिर गई। डॉक्टर ने उसे हॉल के बाहर लिटा दिया और इंजेक्शन दे दिया।

जब उसे होश आया तो मुन्ना ने बताया कि ''हमें एक-दो जन को मदद के लिए बुलाना पड़ेगा। डॉक्टर कह रहे हैं कि अपने-अपने मरीज़ की देखभाल खुद करनी पड़ेगी। यहाँ तो तुम्हें ही सँभालना मुश्किल हो रहा है। बोलो, किसे बुलायें? शांति के मुँह से स्वतः ही निकल गया, ''रमेश को बुला ले बेटा, भाई का दुःख सुन वो दौड़ा चला आयेगा।''

मुन्ना ने फोन किया तो रमेश आधे घण्टे में अस्पताल में हाज़िर हो गया। शांति की तो जान में जान आ गई। माँ को तो जैसे दूसरी आँख मिल गई। मरती देह में किसी ने प्राण फूँक दिये। माँ जानती है, चाहे बीवी की बातों में आकर रमेश ने कितना ही बेइज्ज़त किया हो मगर दुःख की इस घड़ी में उसे सहारा देने चला आया। सुरेश नरम दिल का है, मगर रमेश हिम्मत वाला है। सब कुछ सँभाल लेगा। इसीलिए भाई की हालत देखकर डगमगाया नहीं। गम्भीर सोच में पड़ गया है।

इतने में डॉक्टर ने चिल्लाकर कहा, "आपके मरीज़ की हालत बिगड़ रही है, उसके लिए 'ए' निगेटिव ब्लड का इन्तजाम करिए और ये दवाइयाँ भी मँगाइए, हमारे स्टॉक में नहीं हैं।" रमेश ने कुछ क्षण सोचा, फिर डॉक्टर के हाथ से पर्चा लेकर मुन्ना से कहा, "मुन्ना, तुम सुरेश का ध्यान रखना, अम्मा, तुम अपने को सँभालना। मेरे दोस्त का यही ब्लड ग्रुप है, मैं उसे फोन कर के बुलाता हूँ और यह दवाइयाँ लेकर आता हूँ," कहते हुए वह तीर की तरह हॉल से बाहर निकल गया।

अम्मा हैरान थी। जो भाई रमेश को फूटी आँख नहीं सुहाता था, आज उसके लिए कितना व्याकुल हो उठा है। पाई-पाई का हिसाब रखने वाला रमेश आज बिना पैसे माँगे दवाई लेने चला गया। इसे कहते हैं खून का उबाल। सगों का दर्द खींच मारता है। नाखून से मांस थोड़े न अलग हो सकता है। आज अपने बाप की जगह कितनी ज़िम्मेदारी से आकर खड़ा हो गया है...।

आज तो शांति को अपना बड़ा बेटा देवदूत की तरह नज़र आ रहा था। वह क्षण भर को भूल ही गई थी कि सुरेश ज़िन्दगी और मौत की दहलीज़ पर खड़ा है। मुन्ना के झकझोरने से उसकी तंद्रा भंग हुई, "ताई! भइया कहाँ रह गये? डॉक्टर चिल्ला रहे हैं कि खून जल्दी लाओ, सुरेश भइया की हालत गिरती जा रही है।"

शांति की चेतना लौटी। वह बदहवास तेज़ कदमों से अपने को घसीटते हुए उस जगह पहुँची जहाँ अस्पताल वालों ने आपात् सेल बनाकर

समस्त सुविधाएँ एक साथ कर दी थीं। दूर से ही रमेश को देखकर वह जड़ हो गई। उसे अपने शरीर में रक्त जमता-सा प्रतीत हो रहा था, दिमाग सुन्न हो गया, आँखें पथरा गईं– रमेश कतार में तो अवश्य खड़ा था– मगर मृतकों के मुआवज़े संबंधी पूछताछ की कतार में...

□□□